ナイジェリア人、インド人、モルディブ人　そしてアメリカ人の彼氏

著　佐伯　侑梨加

目次

はじめに

私は根っからの恋愛体質であり、昔から熱しやすく冷めにくい恋愛を繰り返してきた。今までモルディブ人、インド人、ナイジェリア人、アメリカ人、日本人の方々とお付き合いする機会に恵まれ、様々な文化の違い、他人と関わって行くことの難しさと楽しさとの混ざり合いの日々を過ごし、今に至る。

この本では、根っからの英語嫌いが海外に飛んだらどうなったのかということを含め、私の生い立ち、海外での経験、そしてその後の生活がどうなっているのかを述べている。その経験だけにとどまらず、哲学的な領域まで踏み込みそうな勢いで（元から人の考えることに興味あり）頭を使って生きてきたので、読めば何かしらおもしろい人生のアイデアが浮かぶこと、間違いない。

とにかく可能性は無限大。一度きりの人生、何でもまずはできると決めてやってみる。

大多数から見れば、明らかに突拍子もない人生を歩んでいるが一つ言えることは、明日死んでも後悔しないように毎日を生きていくという決意があるということだ。

二〇二〇年七月七日

佐伯　侑梨加

一章　『少年』時代

　私は一九九一年五月三十一日に神奈川県で三人兄弟の長女として生まれた。いとこのなかでも一番上ということで、みんなからの愛を受けてのびのびと育った。妹とはみかんの大きさを争い、いつも喧嘩をしていたが今の関係はいわゆる友達以上、恋人未満である。仲がとても良いという意味である。小学校にあがり、髪をクラスで二番目位に短く切った。その頃は女の子のようにかわいいフリルの洋服などが嫌いで、プーマやアディダスのティーシャツを好んで着ていた。冬も半そでで学校に行って、先生や友達から
「ゆりかちゃん寒くないの？」
と心配され、注目を受けることを喜んでいた。そのころから大の目立ちたがり屋であり、学級委員などをやるようになった。
　小学四年生の時に妹とソフトボールをはじめた。上手くなりたくて一生懸命練習に励んだ。その時のあだ名は『少年』であった。最初はボールの取り方がわからず、グローブを身体の外に置いてしゃがんで可愛らしくボールを取っていた為コーチから
「そんな取り方をするなら、あだ名は少女だな。」と言われ、反射的に

「少女なら少年の方がましです。」

と答えたのを覚えている。おそらくその理由は、その頃は男の子に憧れがあったからだろう。なぜならバレンタインデーにチョコレートをもらえるから。男子は男というだけでモテればチョコレートがもらえるなんて、なんてラッキーだろうと彼らの苦労も知らず率直に思った。その頃のいわゆるモテる男子は足が速くて、面白い人であったので、私はそういう人になるべく意味もなくとりあえず努力してみた時期があった。そんなこんなで小学校六年生、初めて男の子に告白されてもどう対応すればいいか分からずにもらった手紙を無視してしまったりとする反面、好きな男の子は常にいたように思う。その頃は誰にも言わずに心にしまい込み、あたかも誰も好きな人がいないように振舞っていて、今からは想像がつかないほど、恋愛に関しては臆病な方であった。恋愛をすることはかっこ悪いような気がして、いつもかっこつけていた。

私は学校が大好きで、先生に気に入られるようにいつも先生にいい顔をしていた。そんな私が八方美人という言葉を知ったのは中学生になってからであった。好きな教科は体育、音楽、図工であり、それ以外はとりあえず『関心・意欲・態度』の項目だけ集中して、先生の機嫌取りを本気で頑張っていた。

中学校では小学生の流れのままソフトボール部に所属した。文武両道という響きがなんだか何でもできる風でかっこよく、それを目指して頑張っていたが、最初のテストから英語に苦手意識を覚える出来事があった。ピリオドを付け忘れてマイナスになり、意味が分からなかったし、イライラしていて分かろうとしたくもなかった。そのときはなぜピリオドがそんなにも大切かなんて、どうでもよかった。日本人が英語を勉強したところで、日本にいて使うことのない言葉を勉強しなきゃいけないなんて、変！と思った。でもその頃の私の力は英語を義務教育から無くすことなど到底できなくて、とりあえず英語の勉強をやれる限りのことはやってみた。しかし苦労の甲斐もなく英語以外のテストは、七十点くらいは取れていたのに、英語だけ毎回それ以下で、私の苦手意識は着々と私の心深くに根をはっていったかのように感じ、中学校二年生になった時には『英語』と聞いただけで気分が勝手に落ち込むようになってて、成績表はいつも英語だけ数字が違うのですぐに英語の場所を見つけることができた。

部活では顧問の先生への反抗、一生懸命練習しなくても大会で勝てることから、練習をまじめにやらない雰囲気がチーム内で蔓延していた。私達は小学校からソフトボールをやっていたのと、人数がそろっていたという理由で、試合には練習試合も含めほとんど負けなかった。しかし私は本気で練習をやりたかった。本気でやればもっと強くなれてもっと大事な試合に勝って、みんなで全国一位になれると信じていたからだ。そしてそれをみんなと共有したらどれだけ楽しいだろう、と想像を膨らませていた。だがその頃の私は精神的に弱く、八方美人であった為、自分の意見を仲間達に伝えることが恐くてできなかった。そんなことを言ったらみんなから嫌われてしまうのではないかと勝手に考えていた。あの時の気持ちは今でも歯がゆく心苦しい。

そんな気持ちの中でも部活はやめずにどうにか続けていたが、中学校三年最後の大会、さいたま市の予選を勝ち抜き県大会出場が決まったときに、もう本当にやりたくなくなって心の中のもう一人の私が騒いでいっこうに収まる気配が無かった為、その勢いのまま顧問の先生に話に行った。真剣に練習をしないのに勝ってしまう私たちのチームに、他のチームに対する申し訳なさや、全力で練習したいのにできない環境、そしてそれを受け入れることしかできない自分の弱さに、私は正直苛立ちが爆発した。先生は、最初は驚いた顔で私をじっとみつめていたが、私の話を最後まで聞いてくれた。そして一定の沈黙ののち、静かにこう言った。

「佐伯、お前はソフトボールが好きか?」

その言葉で私は、はっと目が覚めたような気がした。私はソフトボールが好きだ。だから今までずっとやってきたのだった。それを先生に伝えたら、先生は、それなら最後まで辞めずにやりきることを私に勧めた。その時私の傍にいてくれた同じチームの友人の支えもあり、結局やめずに最後の試合に負けて引退するまでやりきることができた。試合に負けたその瞬間、私はたくさんの思い出が詰まったこのスポーツにそっと誰にも気づかれないように心の中で別れを告げた。解放されて嬉しいはずなのになぜかその時は涙が止まらず、いつまでも泣き続けた。

部活以外の学校の活動はというと、体育祭や合唱コンクールなどの学校行事は大好きで、本気で自分の全てのパワーをかけていた。みんなで本気で何かに向かうことの楽しさやパワーに身体中が芯からじりじりと熱くなるような感覚に魅了され、同時にみんなと一体化して海の中を泳いでいる大きな鯨のような不思議な感覚は今でも忘れられない。

恋愛に関してはというと小学生の頃と変わらず、相変わらず気になる人が常にいたがその想いを伝えることができずにいた。がしかし、転機が訪れ中学二年生の時に初めて手紙で告白され、まさかの『付き合う』ことになった。その当時は今思い返すとその人ではない人に想いを寄せていたのだが、いざ手紙をもらい、どきどきしながらトイレで震える手でその手紙を読んでいるとそんなことはもうどうでもよくなってきて、頭がカーッと熱くなって心臓が身体と一体化して鼓動していてもう自分の理性がコントロールできる範囲を超えてしまったと即時に理解したときには、既に彼にある意味夢中になっていた。もう少しでその手紙を便器に落としそうになっていた。その人とは委員会が同じでいつもじゃんけんをして色々なことを決めていた。彼と話をするのは単純にいつも楽しかった。彼は私より背は低いが肌は小麦色に焼けていて、笑うと歯が白く見えるところがさわやかであった。なぜか彼の髪形はとんがったり平べったかったりと毎日違っていて、それを眺めるのがおもしろかった。実は一人の友達がこの恋のキューピット役をしてくれていて、最終的にその女の子は私が彼と付き合うことに決めたら、ご褒美にミルキーの飴の袋をプレゼントしてくれると言っていた。それも素直に嬉しかったが、私は初めてちゃんと人と付き合うということに期待と不安が一緒になって、まるで梅干しと和菓子が一緒に口の中に入って戦っているような心境であった。その当時の私の恋愛に対する自己肯定感は著しく低く、その手紙をもらって家に帰った日も、鏡の中の自分に話しかけ、これでも誰か私のことを好きな人が存在するんだ。どこがいいのかな？などと話しかけて浮かれていた。

そのラブレターの返事として、上野動物園で買ったパンダとハート柄のピンクのお気に入り便箋でその時の自分が書ける最上級に丁寧な字で返事の手紙を書いて渡し、無事に初めて誰かと『付き合う』ことになった訳なのだが、読んでいた少女漫画の様には上手くいかなかった。彼が私と一緒に帰ろうと教室の外で私のことを待ってくれていたのを知りつつも、周りの友達の冷やかしに耐えられず、知らないふりをしてずっと教室の中を用もないのにうろうろし、彼はしびれを切らして帰ってしまった後で後悔したり、彼との唯一の連絡手段のパソコンで、なぜか彼のアドレスは妹と共有であったりして、彼にプライベートに連絡を取ることが難しく、恥ずかしがり屋の私にとっては、それは大きな壁を乗り越えた後にバンジージャンプをするくらい困難と勇気のいる状況であった。とりあえずその当時は『付き合う』という意味があまりよく分かっていなかった。

デートは一回だけ家の前の小さい公園で約十分話したのみ。それも私から勇気を振り絞って、学校のベランダで今度会いたい旨を伝え、彼の家にも電話をしてようやくこぎつけたもの。私にとってはスペシャルデートであった。その待ち合わせに行く前は、鉛を飲み込んだカエルのような顔ですごく緊張していた。その時は私が夏祭りで手に入れたお気に入りのびっくり箱に手紙をしこんでプレゼントしようと考えていた。会ってすぐに彼にそれを渡すと彼は突然のプレゼントと『びっくり箱』に驚いていたようだが、嬉しそうに受け取ってくれて、その嬉しそうな顔が脳裏にこびりついて離れなくなった。実際、約十分位話をしてスペシャルデートは終わりになった。普通のカップルはどうやってデートをするのか、ふと疑問に感じたのだが、恥ずかしくて特に誰かに相談することは無かった。とりあえず一回デートというものをしたわけだから、これからもっと何か楽しいことが起こるような淡い期待をしていたのだが、結局その次の日も学校では前と特に変わったことはなく、いつも通り恥ずかしくて彼と話すことができずにいた。特に周りの目が気になって、他の人にからかわれるのが恥ずかしくてしょうがなかった。彼も同じ様子で、お互いがお互いのことを気にはなっているのに時間を共有することができなくなってしまった。そして解決策は見いだせないまま、中学校を卒業。いわゆる自然消滅として私の恋はあっけなく終わりを遂げた。

今の私だったらもっとうまく付き合えただろう。機会があったら彼ともう一度だけ直接会って話がしたい。あの時どのように思っていたか、私がラブレターをもらってどれだけ心が震えて感動したのか、私がどれだけ連絡を取りたいと思っていたのかという気持ちを伝えたい。そして、彼は当時どのように私のことを考えていたのかが知りたい。それが中学時代に最初で最後の付き合った人だったので、私は男の子と手をつなぐという経験はまだなかった。

そんな初々しい中学時代が終わり高校生。埼玉県立川口北高等学校。一般募集でぎりぎり合格した為、最初のテストでの学年全体での順位が悲惨であった。特に英語は三五〇人中三百番台であり、『またやってくれたな英語め』と心の中でぼやくしかすべはなかった。

周りの友達全員が私よりも頭がよくキラキラと輝いて見えて、まっとうな高校生に見えて、私だけが取り残されてしまったかのような気持ちになり、少し焦った。校風はというと穏やかで一生懸命にやる生徒が多い真面目な学校であった。生徒指導の熱血剣道先生がいつも「正直者が馬鹿をみるような学校にはしたくない」と熱く語っていて、私はその当時はまったくその通りだと思っていたので、彼を慕い、尊敬し真面目ぶった生徒の一員であった。ちなみに厳しいが筋の通っている熱血先生のことを慕うあまりひそかに好きになっていて、仲いい友達と話をして盛り上がっていた。

そして予定通りソフトボール部ではない部活、ハンドボール部に入ろうとしていたのもつかの間。まさかのまたソフトボール部に入部していた。理由はちゃんとある。部活動の体験期間で色々な部活動を見てまわっていたときに、全力で声を出して一生懸命プレーする姿に心の底から惹かれてしまったからである。そのときの光景は私にとってとても特別なものだった。プレーしている先輩方が輝いて見えた。その時私は今まで忘れかけていた何かを、やっとそこに見つけたような気がして、もうその時にすぐ入部を決めた。これで私はソフトボールを本気で練習する仲間と一緒にできるのだと思ったら、自然と顔がにやけていた。

一年生の頃の私は、練習は全力でやるがメンタルが弱く試合で結果が出せない選手であったが、私自身は試合で結果が出せないその本当の理由に気づくことができていなかった。ただ単に練習不足だと思い、これでもかというほど自主練習を繰り返した。朝は六時過ぎに学校に行き、部活動が休みの日でも先輩と一緒に学校にきて練習をする熱心ぶりであった。ちなみに学校までは自転車で片道四〇分であったので、行くだけでもまあまあいい運動であった。顧問の先生は試合で結果が出せない日々でも一年生の私を試合で使ってくれていた。私はその理由は私の中学の名前のお陰だと思った。私の中学の部活はその地域で名前は知られるくらいに強かった。なので私自身には自信のかけらもなかった。中学校までは技術的にぎりぎり試合に出られるレベルであったと自分で信じていたので、試合に出られるありがたさと他の選手に申し訳ない気持ち、悔しさで先輩の前で泣いた日もあった。だが私は本当に仲間に恵まれていて、同期だけでなく先輩も声をかけてくれ、応援してくれたおかげでその期間を乗り越えることができた。私は恩返しに練習でも試合でもいつでも百パーセント出し切った。それができる環境は本当にかけがえのないものであった。

先輩方が引退し自分たちの代になってから、どうすれば練習の時だけでなく、試合で力が発揮できるのかを自分の中で徐々に攻略していた。例えば、いつも守備で守っているときに「次にボールが来たら失敗するかもしれない。」と思うと、なぜか本当にボールがきてエラーをしてしまうことに気付き、これはまぐれでもなく何回も起こった。そのことに気付いてから、ネガティブな気持ちはネガティブな結果と結びつく可能性が高いと考え、それならば全く逆のことをやってみようと思った。

『ボールを私の場所に打たせて。私がアウトにするから。』と強い気持ちを持ち、それを大きな声で試合中に仲間に共有することをはじめたら、私は試合で練習以上の力を発揮できる選手へと成長していた。そしてそれに伴い仲間からの信頼を得られるようになった。私は初めて試合が楽しいと思えるようになったのだ。精神がプレーにこれほど大きな影響を与えるとは、今までは考えたこともなかった。部活を振り返ると、私はとにかく声を出すのが大好きで、声を掛け合ってみんなで真剣に練習し、本気で試合に臨むようなそんな真夏の太陽よりも気持ちの熱いチーム。そこで高校三年間プレーできたのは本当に幸せなことだと思う。あの頃の仲間は本気でソフトボールと向き合った大切な仲間である。

そして部活に集中しすぎて忘れかけていた勉強の方はというと案の定、英語が足を引っ張り続けていた。英語嫌いの根は養分を与えずともすくすくと丈夫にと育ち、ちょっとやそっとでは倒れない見事なただ住まいで、ついには見事な花まで咲かせてしまっていた。もうどう考えても手遅れだと思った。私の英語嫌いは本当にどうしようもなかった。なぜなら他の科目全部足した時間と同じ時間英語だけの勉強をしたにも関わらず、点数はどの教科よりもずば抜けて低い。もう本当に嫌気がさした。ちなみに好きな教科は相変わらず体育、美術、音楽。それに『倫理』が加わった。

高校二年生のとき、一人の男性と付き合った。彼は雰囲気が俳優の大泉洋に似ていておもしろくて頭の回転が速い男の子だった。彼と話をすることがいつの間にかやみつきになってしまい、最終的には自習の時間にしゃべりすぎてその時の担当であった国語の先生にみんなの前でこっぴどく叱られてしまった。その時は心臓と時が同時に止まったかと感じ、一秒が一時間くらいの長さで進んでいるような気持ちでいたたまれなくてとても辛かった。特に八方美人の私にとってみんなの前で先生に叱られるとは、至上最悪の事態であった。それはともかく、その彼はいつも授業中に寝ているように見えたのだがいきなり先生に指名されてもすっと何も問題が無いような感じで答えていて（きっと実際は起きていた）しかも定期テストの点数がいつも平均点より良く、そんな彼の頭の中の仕組みが私にはさっぱり分からなかった。おそらくそんな違いが魅力的であったのだろうか、席が近くなってからよく話をするようになり、気づいた頃には頭の中が彼でいっぱいであった。そんなある日の放課後、遂にテスト前に二人だけで一緒に勉強をする約束をした。

いつもの放課後の教室には三人ほど勉強熱心な生徒が残っているのだが、その日はたまたま二人きりであった。二人きりという空間はいつもいる教室といえども時に不思議な雰囲気を生み出す。夏休みが始まるとしばらく会えなくなってしまうので、この機会にどうにか彼の連絡先を聞き出したいと考え、勉強そっちのけでそのことを一生懸命考えていると、その想いが通じたのか、彼が私の連絡先を聞いてくれた。もうそれで私は大満足だったのだが、なぜかもう一人の私が『今こそ彼に想いを伝えるチャンスだ』と言ったので、私は彼に突然

「これからじゃんけんをして、もし私が勝ったら私が言いたいことを言うよ」と言ってみた。

彼は戸惑いながらもその話に乗った。というより乗らざるを得なかったと後日言っていた。そしてじゃんけんをして見事に私が勝ち、私は人生で初めて直接告白した。告白前は心臓の鼓動が花火のドン、ドンという音に負けないくらいの音量で鳴っていて、すぐには言い出せず、結局二十分くらいずっともごもごとしていた意気地なしだったのだが、告白後は緊張の糸がプツンと切れて急にリラックスして全身の力が抜けてしまい、彼の答えを聞かずに安心してしまっていた。彼は『なんじゃこいつは、おもろいなー』と言いながら笑っていた。

中学校の時よりは付き合いらしい付き合いであった。二人とも自転車通学であったため、

雨が降って電車で来た日は一緒に帰ったり、なぜか京浜東北線の蒲田駅まで電車に乗ってただ折り返して帰ってみたり、家に遊びに行ったり。

初めてのキスは駅の近くであった。私は心の準備ができていなくて無意識によけてしまい、彼を傷つけてしまった。そして謝ったら彼はもっと傷ついていた。傷ついた彼は題して『草むらでリザードン作戦』を編み出した。その詳細はというと、ポケモンのゲームで最初のポケモン（ヒトカゲ）を最初の草むらで一〇〇レベルまで育てるという時間・根性・根気の三点セットが必要な作戦である。おそらく彼が言いたかったことは、たくさん経験すれば強くなる（?）ということだったと私は認識している。そしてキスの問題をどうにか解決した頃、今度はセックスをしようということになった。私は単純に恐かった。彼が恐いのではなく、その行為自体がよく分からないし、何より、子どもができたらどうしようという不安が当時は大きかった。私はその想いを彼に包み隠さずに伝えた。私は正直、ハグとキスで十分幸せであった。そうしたら彼はどうにか私を説得しようと彼の友達を例に具体的に話してくれたが、それでも納得できずに私は質問を続けた。

「もし妊娠したらどうするの?」

「そうしたら結婚しよう」と言ってくれたのでそれほどの覚悟があるならやってみようという気持ちになったのを覚えている。

付き合いは一年くらいまでは順調だったのだが、その後なぜかお互いギクシャクしはじめた。理由は特にわからなかったのだが、その時私は勝手に「彼が私のことを嫌いになって一緒にいたくないんだ。私と一緒にいてもなんだかつまらなそうだな。」などと私たちの関係を否定的に捉えるようになってきた。そこで話し合えばよかったのだが、私は彼に嫌われたくなくてその気持ちを伝えられずにいた。

ある日の帰り道、彼に別れを切り出された。理由は覚えていないが、話をしているときに私の視界はどんどん曇っていき、しまいには彼の前で泣き出してしまった。我慢していた涙があふれるともう歯止めなんか効かなかった。なんでお互い好きなのに別れないといけないのか、もう本当に終わってしまうのか、もうこうやって一緒に歩けないのか、などの考えが様々な思い出と共に私に降り注いだ。でももう彼の気持ちを引き止めることはできないのだと心のどこかでは知っていた。こんな想いをするならいっそ付き合い始めなければよかったのではないかと、彼との想い出を全否定し始めていた。彼と別れた後、どこに行けば分からず中学の時の親友にすぐに連絡した。彼女は中学時代体育委員を一緒にやったり、ドッジボールをやったり、とにかく活発に一緒に活動していた。高校は別でもたまに連絡を取っていた仲である。彼女は忙しいのに私を最寄りの駅まで迎えに来てくれた。

「少年どうしたのー？」私の目はすでに泣きすぎて腫れていたのだが、親友の姿を見た途端、また私の涙腺が崩壊した。彼女は私と一緒に私の家まできて、家のマンションの最上階の非常階段で私の話を聞いてくれた。羅列のまわっていない私の話をずっと私の気が済むまで聞いて、一緒にいてくれた。その時は絶望感で私の感覚はおかしかった。高いところから飛び降りても平気なようなことすら考えていて、今考えると頭の中がぐちゃぐちゃで意味不明であった。本当に彼女がいなかったら、今の私はいないと思う。その後だいぶ落ち着いて腫れたままの目で家に帰ったら案の定、家族は私を心配してくれた。特に私の父はどうにか私を元気づけようと、日高屋というラーメン屋に連れて行って励ましてくれた。父や友達は私の彼のことを悪く言ったが、なぜか私は『彼は悪くない。悪いのは私なんだ』と言い続けたのを覚えている。おそらく彼のことが大好きすぎて、彼を責める言葉を聞きたくなかったのだろう。彼から振られた後に彼をかばうという矛盾的な行動をしていた、若かりし高校三年生の秋であった。好きな人ができるとその人以外のことが考えられなくなるくらい夢中になり、その人の言動に一喜一憂していたら、このざまだ。大恋愛の末の失恋。

この事件が引き金となり、その行き場のない気持ちを向けた先がまさかの倫理の勉強であった。人の生き方、極限を試した人が何に気付き何を考えたのか。受験には全く関係がなかったのだが、もう火がついたかの様に恋愛エネルギーを全て転換して勉強し、学期末テストでは他のテストでは出したことのないような素晴らしい点数をたたき出し、最初で最後の学年順位一桁という結果に私を含め誰もが驚いた。私はそれに加え先生に追加で放課後に補修授業までお願いする熱心ぶりであった。そのときはどれだけ私の恋愛エネルギーが強烈なのか思い知らされた。ちなみにその倫理の先生に尊敬と憧れの念を抱いていて、弱っていた私の心が危うく彼に傾きかけていた。

そんな間にもいつの間にか大学進学の学校を決める時期に差し掛かった。私の好きなことは体育、音楽、美術であるのでそのどれかを本気で学べる場所に行きたいと思った。本当に自分がやりたいことは何かと考え、高校で出会った熱血剣道先生のようになりたいということと、日本一になれる部活があるということで日本体育大学に決めた。将来は体育の先生になり好きな体育の楽しさと大切さを生徒に教えたい。私は部活動で運動能力のみならず、人との関り方や目標を達成する為の気持ちの持ち方など多くのことを学んだので、そのような経験をできるような部活の顧問の先生にもなりたいと考えた。生徒の可能性を心から信じて応援し続けられるような先生に、私はなるのだ。高校時代は一言でいうと『熱』。勉強、部活、学校行事、恋愛。すべてにおいて手を抜かずに全力で生きた時代であった。

ちなみに、相変わらず髪は短いままで、中学校から同じ部活の友達のおかげであだ名も少年のままであった。

上の写真は妹とのペアルック。下は妹、弟との写真で、当時のソフトボールのユニホームを着ている。

二章 『本気』時代

大学生。やっとお金に対するありがたみや、勉強する楽しさに目覚め、体育の教員になる為に真剣に勉強した。それと同時にスポーツで日本一になる為に、今までやったことのないラクロスをやってみることにした。

今までソフトボール以外のスポーツに本気で取り組んだ経験が無かった為、新しいことに挑戦したいという気持ちが極限までに高まっていた。今までいくら全力でやってもソフトボールで妹を超えられなかった悔しさと同時に私の才能はこんなもんじゃない、違うスポーツならまた違った結果がでるということを本気で信じていた。だからいくらでも厳しい練習には耐えられると当時は考えていたが、想像とは別の意味での厳しい生活が待っていたのである。

まずコートネームというものを部活で決めることになった。コートネームとはフィールド上でプレーをするときに呼び合うニックネームである。私は最初の自己紹介の時に「本気で頑張ります。」と言ったおかげで、コートネームは本気と書いて『マジ』に決まった。その日から私は少年を卒業し、みんなからマジと呼ばれるようになった。

その頃のラクロス部は練習よりも上下関係が厳しく、色々なチームの為の仕事やミスを減らすためのミーティングなどがあり、ほとんど毎日始発終電であった。上級生から叱られるミーティングは色々なところで行われ、時には三時間にも及んだ。その頃は祖母の家に下宿させてもらっていたが、祖母とのバトルも日常茶飯事であった。祖父はそんなに干渉するタイプの人間ではなく、自分が責任のとれる範囲で自由にやりなさいと言っていたが、祖母は私のことを預かるという責任の下、厳しくしてくれていた。それを私は理解しているつもりではあったのだが、私が何かできないと祖母は私の育て方を間違えたと言ったのがどうしても許せなかった。それは私の今までの人生を全否定されているような感じがしたと共に、母の育て方に対する批判とも取れたことが理由である。自分のことだけ言われるならまだしも、母は関係ない。祖母はそういうことを私に伝えることによって私を鼓舞したかったようである。祖父、祖母と過ごしたその日々のお陰で以前よりも私の眼力は強くなり、打たれ強くなり成長できた。そして私は『過去のことをいくら言ったところで過去は変わらない。変えられるのは今から未来なのだ。』ということを彼らから学んだ。

電車で寝過ごしたり、朝アラームをかけているのに起きられなかったり、授業中に寝てしまったりと、とりあえず忙しく眠い大学一年目、二年目であった。何度か上下関係の厳しさや、部活の決まりの理不尽さに納得がいかず部活を辞めようと考えた。同期に迷惑をかけずに辞めるにはどうすればいいか。考え抜いた末に思いついたのが、そのための理由として何かしらの精神病の診断書をもらえば同期の仲間も先輩も理解してくれるだろうと考え、精神科の病院に行こうと試みた。しかし祖母、祖父に止められ励まされ、どうにかこうにか部活を続けていた。部活を本気で辞めたいと彼らに打ち明けたその夜、祖母と祖父は私をみなとみらいのレインボーブリッジにドライブで連れて行ってくれて慰めてくれた。私はその日ひどく落ち込んでいたのだが、彼らとその光輝く横浜の美しい景色に慰められ、どうにか踏みとどまった。私はとにかく一日一日を生きることにした。スケジュール帳の日付を毎日×マークで消して、時が過ぎることを望んでいた。この部活の上下関係、ルールの厳しさはプレーに良い影響があり本当に強くなれるのかどうか、いつも疑問を抱いていた。上級生になったら絶対にこの制度を変えてやろうと思っていた。しかし実際に最上級生になった時、それを変えることはできなかった。なぜなら私たちのチームは強かったからだ。そして私を含めた皆は変化を恐れた。『もしこの制度を変えてチームが弱くなってしまったらどうしよう。そうしたらもう取り戻しがきかないことになる。』そんな不安が私たちをとどまらせてしまった。その時の選択の良し悪しは今になっても分からない。勇気がなかったと言えばそれまでになるが、今思うと正直その時にあった制度に甘えていたのではないかと考える。そのまま制度を変えなければ誰から責められることもない。

恋愛では二年生の時に受けた剣道の講習で知り合ったレスリング部の人といい感じになり、何度か公園デートを重ね交際に至った。私は彼に夢中であった。彼は寮生活であったため、私たちのデートはカラオケか大学近くの裏山の公園であった。夜に裏山に行っていちゃいちゃしていたら警備員に見つかりそうになり、とっさに茂みの中に隠れてその警備員をやり過ごすなどのハプニングはたまにあった。私は真剣に彼と交際していたのだが、また一年くらいたった頃、私の嫌われたくない病が発病し、本当の自分を出せなくなってしまっていた。

いつも誰かを好きになって付き合うことになったとしても、その人が好きすぎて、嫌われたくないために二百パーセントくらいのいい彼女を演じてしまう癖がどうしても治せず、居心地が悪くなってしまい別れを告げた。別れるときには悲しくなって泣いてしまう。もうこのパターンはこりごりだ。泣くのはずるいと彼は私に言っていたのだが、悲しいものは悲しいのだ。もう誰も傷つけたくないし、私も傷つきたくない。人と交際をする、別れることには本当にエネルギーが必要で、私は人と別れる経験は、振るにしろ振られるにしろ、もうこの人生で経験したくないと思った。

そう本気で考えていたのもつかの間、実践的な体育の授業を行う授業で気になる男性が現れた。彼は私の大学時代の親友と同じスキー部であり、笑うと目が細くなってかわいい勉強熱心な、いわゆる爽やか好青年であった。そして気づいたときにはまたもや恋に落ちていた。誰かを好きになる気持ちは私のコントロールできる域を超えているのでどうしようもない。私は恋愛に生きる体質らしい。でもそのお陰で前向きに生きられているのでよしとする。

図書館デートをしたり、たまに一緒に駅まで帰ったりと二人で会う回数が増えていくたびに徐々に心の距離を縮めていった。彼の笑顔はいつも私を嬉しい気持ちにさせた。そして私たちは付き合うことになった。この彼とは今後長い付き合いがあった。彼のお陰で私は楽しいことを人と共有する喜び、辛い時にお互いが励ましあえる力強さ、悲しいときも分かち合い、お互い支え合えるということを経験した。今は一緒にいないが彼の幸せはずっと祈っている。

月日が経ち三年生になり、やっと仕事ではなくラクロスのプレーのことを考える時間ができてきた。私はゴールキーパーのポジションだったため、高いコミュニケーション能力が必要とされた。先輩、後輩に関係なく意見を求められた。その中で私は発信する能力を磨いていった。チームで勝つには信頼関係を構築することがプレーを上達させることと同等かそれ以上に重要であった。なぜならお互い信頼してプレーするということは、心配事なく全力でプレーに集中できるということだからだ。私は三年生のころから試合に出ていた。その時は四年生と同じ気持ちで試合に臨むということを常に考えていた。四年生から『マジがいたから負けた』なんて心の中だろうが何だろうが、決して口が裂けても言わせない、と心に誓い日々練習していた。おかげで、メンタル面でかなり打たれ強くなったのと同時に、仲間達や上級生との絆は日々修復され、強さを増していった。

ある日、私は何か仕事上のミスをして、練習に参加することができなかった。しかしその日は、大切な練習試合の前日練習であった。私は明日の試合の為に練習に出たかったがどうしようもなく、みんなが練習するのをじっと眺めていた。練習が始まって十分くらいたった後、攻撃のリーダーの先輩が私の元に駆け寄ってきてこういった。

「決まりは決まりだから守らなければいけないけれど、明日の練習試合は本番の試合に繋がるとても大切な試合で、チームにマジが必要だから、今日の練習は出てもらうから。」

その時、私の犯した仕事上のミスの重さと四年生のチームに対する気持ち、同期の仲間に対する申し訳ない気持ちなど、すべてが一気に私の頭をガツンと叩いて、衝撃で私のこらえようとしていた涙が一粒落ちた後、雨の降った後の川のように止まらなくなっていた。早く泣き止んで練習に参加せねばと思ったのだが、止めようと思えば思うほど呼吸は荒くなり、呼吸をしているのに苦しく、視野の上半分が暗くなって、手がピリピリとしびれてきた。私は過呼吸になってしまっていた。幸い異変に気づいた先輩がきて助けてくれたからよかったが、あの時に私は、どれだけこのチームで勝ちたいのか、このチームが大切なのかを改めて気づかされた。そんな怒涛の三年生を終え、遂に大学四年生。最上級生になった。

私は少しでも下級生が過ごしやすいような部活をつくりたいと思ったが実際にできたことは、部活のルールを少し変えること。そして個人的には後輩たちにあいさつを丁寧にする、あった時に感謝の気持ちを伝えることをした。ただの自己満足かもしれないが、それだけは最後の大学を卒業する日まで続けた。四年生の月日は想像していた三倍以上の速さで過ぎ去り、気づいたときには最後の大会で、その試合はこの試合に負けたらもう日本一を目指せなくなるという、切羽詰まっているようだが適度なプレッシャーがありワクワクするような状況になっていた。相手は早稲田大学であった。今までの練習試合の成績では五分五分か相手の方が勝っていたが、私達は、少なくとも私は負けることを全く想定していなかった。

試合では私たちの思うように試合は進まなかった。大差をつけられたわけではないのだが、微妙な差で負けていて相手がボールをキープする時間が長く我慢する時間が続いた。ただただ不安な空気だけが過ぎさっていった。焦る気持ちとこの状況をどうすれば打破できるのか分からない、それなのに時間は無慈悲にも刻々と時を刻んでいく。そしてついに『ピッピッピー』と試合終了の笛が鳴った。私たちは、負けた。私はその状況の理解ができなかった。頭では理解できているのだが私の心はその結果を受け入れることを拒んだ。そして徐々に世界の色が暗くなっていくような喪失感を覚えた。それを例えるならばスプラッシュマウンテンで最後に落ちる滝が永遠と続いているかのようで、私はどこまでも下へと落ちていった。最後に整列したときに見た相手チームの嬉しそうな顔が今でも鮮明に脳裏によぎる。

その日はその後どうやって家に着いたのかあまり覚えていない。頭が働かずにぼーっとしている私を励ますためか、家族は私をトランプに誘ってくれた。その時はただその時間を楽しんでいて、家族と心から笑って、トランプだけに集中しその他のことは何も考えないで過ごした。

そんな優しい家族の支えもあり、私は気持ち的にもゆっくりと復活し残りのラクロスの試合に全てをかけることにした。それはリーグ戦であったので私達には幸いまだ試合が残っていた。結果的に私たちの代で日本一にはなれなかったが、それを本気で目指して取り組んだ日々や仲間、共に過ごした時間は、今の私の強い意志に強く反映している。

実は大学三年生から体育の教員ではなく小学校の教員になりたいと考えが変わった。理由は中学生になって体育が苦手な子どもの気持ちを変えるよりも、小学校の最初から苦手意識を生まないようなユニークな授業をすれば子ども達にとっても人生が楽しくなるだろうし、子ども達の将来に色々な可能性が広がると考えたからである。

そして私は四年生になり小学校資格認定試験を受かる見込みでさいたま市小学校の公立の試験に挑んだ。そして見事一次試験で玉砕した。それに向けてずっと勉強していたこともあり、相当ショックだったはずなのだが、その時はなぜかがっかりというよりは、気持ちがふっと軽くなったような気がした。それは今思うと、私は様々な経験してから先生になった方がいいと考えている自分の正直な気持ちにその時に初めて気付けたからであったようだ。その頃は大学卒業してそのままストレートで就職することが素晴らしいことであるという考え方が主流であったと認識しているが、その頃の私はあまり気にしていなかった。みんな違って、みんないい。という金子みすゞさんの詩を思い出した。

試験に落ちた後、ふと見つけた掲示板に海外ボランティアの広告があり、幸運なことにそのボランティア活動をしていた方が大学のキャリア支援センターにいた為、当時の金髪ロング頭のまますぐさま話を聞きにいった。ラクロスの最後の試合はちょうど教員試験が終わった後だったため、私は仲間と共に人生最初で最後の金髪にしてみたのである。彼は私の金髪頭に戸惑いを見せながらもボランティアとしてブラジルで野球を二年間教えていた話をしてくれた。彼は坊主頭で一瞬恐頑強そうな感じに見えるが、話をするととても優しく、頼もしいオーラがにじみ出ていた。そんな彼から詳しく話を聞くと、彼はそこで日本とは違う文化について学び、ポルトガル語を学び、様々な経験をして帰国していた。中でも衝撃的だったのが、練習にコーチとして時間通りに行っても、子ども達が来るのはその四時間後であったという話である。日本では考えられないような大変な状況なのにも関わらず、私の中になぜか好奇心とわくわく感が目覚めた。私は大学を卒業したら自立したいと考えていた為、ボランティアというものはお金に余裕がないとできないものだと思っていたが、国の援助金で行けるということだったので、それが決め手となり応募することを決めた。そこから長い間忘れかけていた、英語との戦いがまた幕を開けた。

当時はＴＯＥＩＣ三五〇点以上でないと応募自体ができなかった。このスコアは私にとってはもちろんかなり挑戦的なスコアであった。私は今まで英語のテストというテストを避けて生きてきたのだが、言い訳を並べたところで何も始まらない。その点数を取るという他に道はない。やるしかない。私は四年ぶりに真剣に英語と向き合い始めた。

一カ月間、英語を勉強すると拒絶反応で急激に眠くなってしまう症状と戦いながら毎日勉強した。自分の英語に対する能力の向上を感じるという余裕はなく、とりあえずひたすら問題集を繰り返し解きは、見直し、時間さえあれば英単語の勉強に励んだ。暇な時間をほとんど学校の図書館で英語の勉強に当てたその甲斐もあり、ぎりぎり四百二十点で応募資格を得られた。ほっとした余韻に浸る時間の余裕はなく、すぐに次の試験の対策にとりかかった。

試験は一次、二次と別れていて一次は書類試験と健康診断の結果の提出、二次は面接であった。第一次の書類試験はそのブラジルで野球を教えた職員の方と二人三脚で何度も添削してもらっては書き直しを繰り返した。もともと文を書くことは好きだったので、英語の勉強と比べるとだいぶ気持よく取り組めていた。どうしてこのボランティアに応募したいのか、行って何をして、何を日本に持ち帰ってどうやって日本社会に活かすのかをとことん考え、文に起こした。また健康診断はとても大きな比重をもっていた。私の応募したボランティアは二年間契約のもので日本とは違う環境の中、二年間健康で生きられるかどうかは支援する政府にとって、とても大切な要素の一つであるからである。

一次試験の課題を提出し、数週間後、合格通知を受けたときはすぐにブラジル野球の彼に結果を報告にいった。試験の合格通知というものを受けるのが久しぶりだったため、感謝の気持ちと誇らしい気持ちでいっぱいになったが、余韻に浸っている暇はあまりなく、すぐに二次試験の対策へと私たちは取り組み始めた。

二次試験では二つ面接があった。一つは人物面接、もう一つはその応募した特別なスキルに関しての面接である。人物面接ではその人物の性格や、特にストレスがかかる環境でどのように対応していくのかという対応力、柔軟性に重きをおいているように感じた。また希望国についての質問もあった。私は希望の国をモルディブ、ザンビア、カンボジアとしていた。理由は要請の内容と英語のレベルが私にあっていたからだ。私の英語力は合格した中では一番低いランクであったので、そのランクに当てはまる国を選んだ。

特別なスキルに関しての面接は、私は体育の教員としての応募であったので体育の技能についての質問がいくつかあった。特に具体的な用語の意味を答えるような面接ではなく、実際に何もない場所で道具が日本のようにそろっていない環境の中、子ども達に何をどう教えるのかを想像して答える発想力を問われるような質問が多かった。二次試験の面接は今までにあったどの面接よりも自由でリラックスしていたように感じた。

面接の手ごたえはさておき、そこで出会った方々は私が今まであったことのないような面白い考え方や職歴のある方たちであったので、私の好奇心センサーがビンビンに反応していた。そして合格の通知を受けたのはスキー小屋に山籠もりしているときであった。私は大学三年生からスキーのコーチのバイトをしていて、冬になるといつも長野・菅平の山にこもっていた。そのときも同じであった。ボランティアに合格し、モルディブに行くことが決まった時、自分の将来に対する見通しがついた安心感で他の大学の就職が決まったみんなの仲間に入れたような気がした。スキーの小屋にいるみんなは、私が合格したことを自分のことのように喜んでくれて、それが本当に心に染みた。いつもはなかなか手に入らないケーキでお祝いしてもらい、その夜は特別な夜になった。

スキー小屋では基本的に朝晩以外の食事は車で二十分くらいかかるコンビニなどに買いに行かないと手に入らないので、その夜のケーキはその小屋のオーナーがわざわざ私の合格祝いといって私には秘密で買い出しに行ってきてくれたのだ。

この写真は大学時代のラクロスのキーパーをしていた時の写真。防具をつけてと重装備である。ラクロスのボールが当たると青あざができるほど痛い。

『本気』時代「ラクロスのキーパー姿の私」

三章　『笑顔であいさつ』時代

それからはモルディブに行く前に勉強するプロジェクトがあったのだが、その時期は秋から冬であったので大学を卒業した私には半年間ほど時間があった。その間は英語の勉強や事前学習などをしていた。今までは大学に行ったり、部活動をしたりして過ごしていたので、何かをしている時間に慣れすぎて、何もしない時間の過ごし方がわからなくなっていた。おそらくそれに対する不安感が原因で身体の調子はあまり良くなく、それによりかなぜか食事が食べられない時期が数カ月続いた。今までは食事が食べられないようなことは無く、寧ろ食べることは大好きであった為、すごく違和感があり、もっと不安感が募っていた。とりあえず食べられるものだけを食べるしかなかった。その症状は特に深刻にもならず、四カ月ほどで収まった。そしていよいよ待ちに待った勉強プロジェクトが始まった。

この期間は私の人生二九年の中でも一、二を争うお気に入りの期間である。二カ月寮のような場所で、泊まり込みで勉強をした。朝はラジオ体操、ランニングがあり、雨か雪が降っていないときは、長野の山の紅葉が鮮やかな自然の多い場所を走った。コースは三種類あり、それぞれ距離の長さが違った。私は走るのが好きだった為、三キロメートルくらいの一番長いコースを毎朝仲間と競争しながら走っていた。朝の田舎の空気はとても冷たく、キーンと鼻に突き刺さった。毎朝山の紅葉の変化を感じながら走るのは、私の楽しみの一つであった。最初は友人と走ったり、歌を歌いながら走ってみてすぐ息切れしたり、最後の方は全力を尽くして終わってから朝食になるまでみんなが到着するのを待っている時間に、昔少林寺を習っていた他の仲間から少林寺を教わったり、空手の平安五段の型の練習をしたり、一人の仲間と取っ組み合いの相撲で真剣勝負をしたりと（なぜかその人にはいつも勝てず）毎朝とても充実した日々を過ごしていた。雨の日は体育館で体育の係の人たちが考えた運動プログラムを行った。

そのあとは朝食を食べに食堂に向かった。私は毎日違う席に座り、色々な仲間と出会うことを毎日の楽しみとしていた。私のこの勉強プロジェクトの目標は『笑顔で挨拶・風邪をひかない』とこのプロジェクトに参加する前から決めていたので、すれ違う人全員に挨拶をすることにした。そのことにより、私の交友関係はものすごい勢いで広がっていき、二百人くらいの人がいたのだが、私のことを知らない人は誰一人といなくなった。

行く国の言葉の勉強、文化や宗教について、各国の交通事情やどのように自分の身を守るかについて、実際の授業をどのように行うか、などなど実践に活きる授業が多かった。モルディブの現地語はディベヒ語であったが、英語も共有語としてある為、私は英語を勉強するクラスに配属された。語学を勉強するクラスは少人数クラスとなっていて私を含め六人のクラスメイトがいた。私たちは訓練の最初の日に英語の語学クラスのレベル分けテストがあった為、それに基づいてクラスが決められていた。

私は体育の教員であったが、他の仲間たちは様々な目的で色々な国に行くことが決まっていた。例えば私のクラスメイトでいうと、ジャマイカに野菜栽培を普及させに行く人、パプアニューギニアに理学療法士として行く人、インドに看護師として行く人、スリランカに幼稚園教諭として行く人がいた。それぞれの国に現地語はあるものの、英語も使える国として私たちみんな英語の勉強をした。他の言語としては、スペイン語、フランス語、ポルトガル語、ネパール語、ロシア語、ウズベク語、キルギス語、タミル語、ヒンディー語などがあり、私にとってとても魅力的でかっこよく見えた。クラスの仲間はユニークで個性的なメンバーであった。ほとんど毎日顔を合わせて英語の勉強をしていると、不思議とクラスの結束力は強まる。彼らと切磋琢磨し、授業中に眠くなったときにお互い起こし合い、励まし合えたからこそ私はこの期間を乗り越えられたのだと思う。

そのプロジェクトに参加した人達は年齢も様々であった。私は新卒で応募した為ほとんどの人が同い年か年上の人であった。十歳以上歳が離れている仲間もいて、色々や経験を踏まえた視点からの話を聞くことができた。彼らは今までそれぞれ違う現場で働く経験を持っている人が多く、そのような経験のある方と一緒に目標に向かって取り組める環境はとても貴重であった。なので勉強の宿題がある中でも、私はできる限り週末に開かれた色々な飲み会などに参加し、交友関係を広げることに重きをおいていた。それが将来的に長い目で見て、肯定的な意味を持つ気がした。毎日違う人との出会いがあるような場所であった。

違う文化や宗教について勉強する講義の中では、今まで考えたことのないようなことについて学ぶことができた。例えば、私たち日本人の宗教。無信教といわれる私たちの仏教、神道の考え方についてである。特にモルディブのような百パーセントイスラム教の地に行く私にとって、自分が何を信じているかを説明することはとても大切であることを学んだ。日本人の会話の中ではなかなか自分たちの宗教について話す機会はない。しかしモルディブの国の人達にとって宗教とは生きていく上での指針となる重要なものだ。その人たちに、私たちは何も信じていないというと日本人に対する誤解が生まれてしまうそうだ。確かに日本で生きているとあまり神様を意識する機会はないのだが、その中でもお正月に神社にお参りに行くこと、七五三や夏のお祭りなどの行事は日本人の神への信仰を表す典型的な行事であるということに改めて気づかされた。私にとっては、それはとても大きな発見であった。

また、実際の授業を現地でどのように行うかという授業では、いつもの語学を勉強しているクラスとは別に実際に現地で行う仕事に基づいて新しく分けられたクラスで行った。私は体育の教員だったので、他の体育の教員の仲間と共に授業を行った。この授業はその言語で指導案をつくり授業を行うので、日本語で授業を行う授業とは比にならないくらい難しく感じ、私の脳みそが悲鳴を上げているのがたまに聞えた。日本語では簡単に伝えられる言葉が英語になると詰まってしまいその瞬間、授業と時の流れが同時に止まる。それは私だけでなく他の仲間たちも同じであった。毎回すごく歯がゆくもどかしい気持ちになるのだが、この授業の良いところはお互いの授業を受け、そのフィードバックを共有できる点だ。私はこの授業の中で窮地に立たされた時の対処法や、英語で実際に授業をする経験を得ることができた。とりあえず困ったらLike this（このように）といってその実際の動きをやって見せればいいということを学んだ。

他にもキャンプ実習で水や電気、トイレットペーパーが限られている中でどのように生きていくのかを学ぶ機会があった。私たちはまた新しいグループに分かれ、そのグループで協力しながら色々な課題をクリアしていった。みんなで分担して火を起こし、夜ご飯を食べる。夜は極寒の中寝袋を使って夜を明かす。そのような経験のお陰で私のサバイバルレベルはさらに三ランクアップしたような気がした。
その他にワークショップで少林寺拳法、ハンドボール、バレーボール、テニスなどのスポーツなどを学んだ。というよりは全力で楽しんでプレーしていたと言った方が正しい。この時に私にとってスポーツがどれだけ大切かを改めて知ることになった。心の底からこんなにも楽しいと思って毎日生きられた機会は今までなかったと思う。スポーツを一緒にすることは、新しい仲間を作ることに直結する。スポーツを通して作った仲間は私にとってなぜかいつも特別な存在であった。小学生に戻ったかのような新鮮な気持ちで毎日生きられたのは、そこで関わってくれた人達の持つ魅力にとことん魅了されていたからだと思う。空いている時間でスポーツの自主練習をしたり、ピアノがあるホールでピアノを弾いたり、聞いたり。(私のお気に入りの曲は久石譲さんのSummerという曲)その当時は、私は弾くことはできなかったのだが、仲間の一人がそれを私の為に弾いてくれた。その時私はこの曲を練習しようと決めた。

そこで出会えた人々の一人一人は本当に自由で、頭の中には私には到底思いつかないようなアイデアが詰まり、行動力のある方々が多く、関わることでたくさんのことを学ぶことができた。この限られた環境の中では私も含め恋愛をする友達も多かった。確かに魅力的な人が多い環境であったことは間違いない。そしてその話が外界から閉ざされた空間に2カ月住んでいた私たちの娯楽であったことも確かである。私は当時付き合っていたスキー部の彼がいた為、どうにか恋に落ちないように必死であった。ということは簡単に恋に落ちることができる環境であったという意味である。恋の噂はすぐに知れ渡るのだが、尾ひれと背びれは間違いなくついてくるので、真偽を確かめないことには始まらない。この二カ月の中で一体何人の人が恋に落ち、そして別れたのか、私の想像の域を超えているので何とも言えない。私ももし彼氏がその時いなかったらどうなっていただろうか。

それはともかく、この二カ月の中でかけがえのない仲間と経験ができた。これだけで試験に受かった意味があるのではないかと感じるほどであった。この期間で人との繋がりを大切にすることがとても重要だと改めて気づくことができた。父が迎えに来てくれた帰りの車で、そのプログラムでどんなことを学んだのか、どんな友達ができたのかなど約二時間半の車の中、伝えたい話は途切れない列車のように私から繰り出されていた。

そしてその後はいよいよモルディブに出発！とその前に私はその時に付き合っていたスキー部の爽やかな彼に別れを告げた。二年間は日本に戻らない気持ちであったので、その間にお互いを縛りたくないと考えたからだ。とは言ったが、正直私の中で二年間一度も会えないでこの関係を続けていく自信がなかった。そんな私の弱さのせいで別れることになって彼に申し訳ないと思った。しかし彼は理解し、私を応援してくれた。私は自分の好きな人が決めた道を心から応援しようとしてくれた彼を今でも本当に尊敬しているし、私もそうでありたいと思う。

四章　『ディベヒ語』時代

ついにモルディブに着いた。と言ってみても、その時は正直全然着いた気がしなかった。飛行機では十時間位かかった。飛行機の中で隣に座っていた友達の真似をしてお酒を頼んだら、少し気分が悪くなり、結構辛かったのは秘密である。当時は一月、日本では真冬だがモルディブは赤道直下の常夏の国であるので、季節は関係なかった。空港に着いたときには「むあっ」という温かい空気が私たちを迎えてくれた。ちなみにモルディブの季節は雨季と乾季があるだけである。

到着したその夜になぜか三十七度の微熱を出した。原因は不明であったがおそらく異国の地に興奮していたのだと思う。最初に町を歩いたときはカラフルな建物に感動した。そして人の顔の区別がつけられなくて、みんな同じ顔に見えた。男性はみんな私の大好きなパイレーツ・オブ・カリビアンのジャックスパロウにみえた。海の色は青ではなくエメラルドグリーン色に輝いていた。首都の人たちの多くはバイクに乗っていた。バイクのかごには魚のカツオがたまに入っていた。

一週間の首都での生活後、首都のマレからスピードボートで二時間かかる住民島で一カ月、モルディブの現地語『ディベヒ語』を学んだ。モルディブの公用語は英語とディベヒ語両方であるが、まだ現地語のディベヒ語を使う割合が高い。例えば小さい子どもやお年を召した方はディベヒ語しか分からない人が多かった。初めてのホームステイの家は小学校一年生の女の子と四歳の男の子がいる家であった。その日から毎朝自分の部屋の扉を開ける前に何を言おうかぶつぶつと独り言を言う日々が始まった。最初の日に、ホームステイのお母さんが歓迎のしるしに私の腕にヘナで絵を描いてくれたが、そのときはそれが落ちるものなのか分からず、しかも語彙力の乏しさのせいでそれを聞くことができずに動揺して夜は眠れなかった。（ちなみにそれはヘナで書かれていて無事に一週間ほどで落ちた）

その島、ケヨドゥ島の人は優しく、おおらかな人が多い印象であった。モルディブは百パーセント、ムスリムの国なので、一日五回のお祈りがあったり、豚肉が食べられなかったり、お酒が飲めなかったりという違いがあった。食事は基本的に右手で食べるのだが、最初は慣れずに一回でつかめる量はご飯二粒くらいであったが、家のお父さんの見よう見まねで食べているうちに、だいたい一週間ほどで同じように食べられるようになった。私は英語が苦手な分、どうにか現地語を頑張ろうと毎日の宿題以上に自分で勉強をしていた。私たちは八人のグループで勉強をしていたのだが、私はその中で一番になりたかった。その頃にはしょっちゅう私の負けず嫌いはひょっこりと顔を出し、周りにアピールしていた。そんなこんなで一カ月の勉強は無事に終わり、だいぶモルディブの文化に慣れてきたところで島を後にすることになった。

感じたことや気づいたことは、日本と比べて時間がゆっくり流れていること、その当時は凧揚げが流行っていたこと、休みが土日ではなく金曜日と土曜日ということだった。その頃辺りから私は八人グループの中の一人を好きになっていた。淡い恋のはじまり。なんちゃって。彼は私の三つ上で、私と同じ体育の教員として違う島に行くことになっていた。人を笑わせるのが得意な反面頼りがいがありとても優しく、いつも私のことを気遣ってくれていた。そんなおもしろさと優しさのギャップに見事にやられた。

そういえば、移動手段のスピードボートは天候や運転技術によっては激しいジェットコースターへと早変わりする。バンバンとはねながら進む様はまさに巨大なトビウオのようであった。その激しさは、たまに魚が間違えて船に乗ってくるほどである。その後、首都マレで数日過ごし、みんなそれぞれの島へと旅立ったのである（ほとんどの仲間は船移動）私の島は首都から南に約四三〇キロメートル。飛行機で一時間半とスピードボートで一時間かかる島であった。

最初の日は住む場所の紹介や学校の紹介などを受けて慌ただしく過ぎていった。正直みんなが何を話しているかは全然理解できていなかった。部屋は、見た目はきれいだったがゴキブリが一匹いた。苦手であったが、ゴキブリごときで怖がっているように周りから思われたくなかった為、ゴキブリを殺すスプレーを買いに行って対処した。苦しむ時間が長いとお互い辛いと思い、大量のスプレーをかけた。お互いの辛い時間は三〇秒ほどで終結を迎え、その夜は早めに就寝した。次の日目が覚めて、眼鏡をかける前になんか変なにおいがすると思い何となく周りを見渡すとそこには、部屋中に茶色い物体が二〇個くらいあった。慌てて眼鏡をかけてぎょっとした。昨日のゴキブリスプレーの威力が強すぎて、隠れていたゴキブリたちが出てきて色々な場所で苦しんでいたのだった。そこで学んだことは、たまには目が悪いことも役に立つということである。眼鏡を外すことによってゴキブリ達は再びただの茶色い丸へと化した。

私が住んだ島ガッドゥ島では、その島に一人だけの日本人ということで私はかなりの注目を集めていた。それは人生最大のモテ期をここで迎えているということと同義であった。というのもモルディブのイスラム教徒は結婚してから関係が始まるといっても過言ではない。結婚前は手も繋げないらしい。だからまだ付き合ってもいないのに、結婚してくれと言われたり、奥さんと子どもがいる人から結婚しようと提案をもらったりした。（ちなみにモルディブは一夫多妻制であり、一人の夫に対して四人まで妻を持つことが法律的に可能である。理由としては諸説あるが、昔戦争があったときに未亡人になった女性を男性が守るためにできたという説が一般的である）

「ユリカはいつ結婚するのか？彼氏はいないのか？」と毎日のように質問を受けた。

ある日に学校に行くと、子ども達の間でなぜか私は結婚していて子どもが二人いることになっていた時があった。実際に私のモルディブ人の友達は二〇歳で結婚していて、子どもが今年生まれるということだったので、当時の私は二十四歳。丁度いい年ごろであることは間違いなかったが、それを自覚していなかった為、それは結婚について真剣に考えるきっかけの出来事となった。モルディブは私が住んでいた時は離婚率が世界でトップクラスであったということ、友達が一〇回以上結婚した経験があることからふと『人は一生のうちに、何回人を好きになり、何回結婚するのだろうか。』ということを考えた。島の男性の多くはどうにか私と話をしようと、電話番号を手に入れようとしていた。しかし島に赴任する前に以前モルディブの島で働く経験のある方から、島では恋愛に関して本当に気をつけた方がよいとアドバイスをもらっていた。具体的には日本では普通、人にあいさつをされたら笑顔で返すが、それと同じことをここでやると誘惑しているとみなされ、噂になり、それが学校に伝わると日本に強制帰国になってしまうということであった。　というわけで、私はイケメンと付き合う絶好のチャンスの中、いつも目が外から見えないサングラスをかけ、スタスタそっけなく歩いていた。

私の島は一周歩いて四〇分の小さい島であったので、すぐにたくさんの人と友達になれて、一週間ほどすれば私のことを知らない人はいないまでに、私が新しく来た日本人だという噂は広がっていた。私は『頑張らない、焦らない。でも決して諦めない！』をモットーにこの島で生きていくことを決めた。早くも軽いホームシックに陥り、その話をその片想いしていた彼に電話で聞いてもらうときが多くあり、その頃その島に仲の良い友達がいなかったので、その時間は私の唯一の心のやすらぎであった。

その島での生活については、全体的におっとりとしていて過ごしやすいと感じた。具体的には、朝四時ごろ起きるとお祈りの時間があり、その後サーボーンといってお茶の時間があり、甘いミルクティー（大きなスプーンで砂糖大盛り二杯）とヘディカという焼き菓子とビスケットが定番のようであった。そして朝ごはんはロシというナンに似ているものとカレーとを組み合わせて食べるか、ガルディアというモルディブの伝統的なカツオスープと一緒に混ぜて食べた。これが本当においしく、二年間ずっと飽きることは無かった。この食事のお陰で私は二年間元気に生きられたと思う。是非死ぬまでに一回は食べてみた方がいい。

そして昼のお祈りの時間があり、昼ご飯はガルディアにタイ米のようなご飯を混ぜて、それに唐辛子、玉ねぎ、ライムを絞って加えて混ぜて食べる。それか豆カレー、チキンカレー、ミルクカレーなど色々な種類のカレーを食べた。その後サーボーンといっておやつのような時間のあとお祈りがあり、夜ご飯近くの時間にお祈りがもう一度あり、夜ご飯はガルディアかカレー。たまに鶏肉が加わっていた。そしてもう一度お祈りがあり、就寝は九時頃であった。日が昇って仕事をはじめ、日が落ちて仕事を終えるような生活であった。

私のお気に入りはキルガルディア（キルの意味はミルク）にロシを細かくちぎってぐちゃぐちゃに混ぜて食べるものである。あまり見栄えは良くないが、これがまたびっくりするほど美味しい。全ての素材が一緒になって口の中で踊る。思い出したらついついお腹がすいてきた。

お祈りの時間の間はほとんどのお店が閉まるので、把握していないといつの間にかお店に行きそびれてしまうことがあった。飲む水は雨水で、シャワーは、お湯は無しの水シャワーのみである。トイレはトイレットペーパーが無く、トイレの横にある小さいシャワーと左手を使って用を足す。停電や断水はたまにあり、シャワーを浴びて泡だらけのまま一時間くらい水が出るのを待ってお風呂場で体操をしていたことは数回あった。人々はいつもサンダル、いわゆるビーサンを履いていた。体臭に気を遣うらしく、ボディースプレーを頭の上からつま先まで全身にかけて出かけている為、一週間で一人一本スプレーがなくなるペースで使用していた。ボディースプレーをプレゼントでもらうことは多く、最初は私の体臭のせいなのかとちょっとドキッとしたが、そうではないみたいで、プレゼントで何をあげるか困ったらこれ！みたいな感覚の品物らしい。

学校では体育の授業を幼稚園生から高校生まで持つことになった。私の相方の先生は、見た目は不愛想だが本当はいたずら好きで心が子どもの可愛い女性の先生であった。彼女とどうにか仲良くなりたくて私は彼女がその時観ていたディズニーの映画『プリンセスと魔法のキス』の主人公の女性に似ていると言ったら、彼女は白い肌の色に憧れていたらしく全然喜ばず、寧ろ嫌な顔をされてしまったので、残念ながら彼女から私の第一印象はあまりよくなかっただろう。

私は体育の大切さを広める為にモルディブに来たわけであったが、そこでみる生活の根本には体育という教科はあまり根付いてはいないようにみえた。しかし彼らはとても幸せそうに毎日を生きていた。そのような姿を見て、私がここにきた意味とはなんだろう。と考え込んだ。体育が存在しなくとも幸せそうに生きているモルディブ人をみて、少し寂しい気持ちだった。

そんな気持ちとは裏腹に月日はどんどん流れていく。最初に授業見学で訪れた中学校一年生のクラスでは、生徒が私の為に自己紹介をしてくれたものの、私の目には子ども達がみんな同じ顔に見えてしまっていた。女の子、男の子の区別しかつかず、そのことに動揺を隠しきれなかった。しかも名前も全然聞き取れず、この先どうなってしまうのだろうと一瞬不安になったのを覚えている。子ども達はそんな私の心は知らず、美術の時間だったので私の顔の絵を描き始めた。私が彼らと同じ年代くらいの頃に絵を描いたときは、どれだけちゃんと描くか、間違えずに似せて描けるかを意識して描いていたが、彼らは違った。できた絵を見たら一目瞭然である。まさか同じ人物を描いているとは思えないような絵が大集結した。みんなからみた私の姿が違うことが単純に面白かったし、みんな違ってみんないい。という金子みすゞさんの詩を連想させた。

その日から徐々に私は子ども達の顔の区別がつくようになり、名前とディベヒ語をものすごいスピードで覚えていった。というより覚えざるを得なかった。『積極性と底知れぬパワーを兼ね備えた生徒達』VS『頭フル回転、表情豊かな片言教師』の戦いが始まった。

授業崩壊気味のクラスを数回迎えながら、日本語が話せないってこんなにも辛いということを痛いほど思い知らされた。最初の三カ月は仲のいい友達もいなく、言葉も話せず、日本が恋しい、帰りたいと思う毎日であったが、三カ月後から友達もでき、だんだんとその島に慣れてきて、生活するのが楽しくなってきた。

ある日の陸上大会の引率で日本人の友達のいる島に行ったときは、『子ども達の可能性は無限大』ということを改めて感じるきっかけになった。誰かに可能性を信じてもらえるだけで、その子のポテンシャルは開花し、著しく成長を遂げると感じた。本当は大会でたくさんの言葉を子ども達にかけたかったけれど、言葉が見つからず。競技前と競技後に握手するので精一杯ということに、悔しい気持が私の内側から込み上げていた。私はこの気持ちを全てがむしゃらに現地語、ディベヒ語の勉強に費やした。私はディベヒ語が将来役に立つかどうかということを最初は気にしていたのだが、もうそんなことを気にする余裕はなかった。今この国で目の前にいるこの人たちと話がしたい。その一心であった。

学校で働いていると日本とモルディブの違いに気付くことが多々ある。例えば体育の授業後に男子生徒が全身水浸しになる。（暑いので水道の水を頭から浴びに行く）、先生がバイク通学で、なぜか片手にマンゴーを持っている、中学生の親が子どもの送り迎えをする（親が荷物を持ってあげている家庭が多い）、授業で何かを質問すると約八割が手を挙げる（その中の約半分は問題をしっかり聞いていない）、会議中や授業中でも先生は自分の携帯電話の電話に出る、口笛で人を呼ぶ、服の上から蚊がさしてくるなど、挙げだしたらきりがない。
私は体育を広めるということと同じくらい、その国の文化を学ぶことに力を注いでいた。例えばモルディブの伝統的なダンスである。ちょうど独立五〇周年ということで、大規模なお祭りが行われたときに、お母さん方や友達がやっているモルディビアンダンスを一緒にやりたいと思って後ろの方で勝手にまねして踊ってみた。そうしたら幸運なことに、一緒にやろうと声をかけてもらえた。ダンスの練習は約一カ月一日四時間くらい（学校終わってから二時間と夕食後に二時間）みっちり行っていた。ダンス自体はインドのダンスと似ていて、腰を使う踊りである。その激しい練習の甲斐があり、私のお腹には生まれて初めて「くびれ」と呼べるものができるほどであった。その練習の中で面白かったことが、友達はみんな一番ダンスが上手いと好評な人のダンスに合わせて踊っている為、よく曲のリズムとずれていることがあった。私が曲に合わせて踊っていると
「侑梨加、リズムが違うよ。」と注意を受けてしまう為、『ずれてるのそっちじゃん。』と心の中で呟いた。でも私はあくまでも新入り外国人な訳でとりあえず静かにしていようと思った。私の中で大切だったことは、完璧に踊ることよりも現地の方々との信頼関係であった。私は、見た目やしゃべる言葉はみんなとは違うけれど、文化などを勉強することによって彼らと本当の仲間になりたかったのだった。その意識のおかげか、私は本番のダンス

もみんなと一緒に踊ることができることになった。みんなと同じ衣装で。その時の仲間に受け入れてもらえたという飛び跳ねるくらい嬉しい気持ちは今でも忘れられない。

他にはボドゥベルという太鼓の叩き方を勉強した。首都では女性のボドゥベルグループができていることもあり、女性がボドゥベルを学ぶことに関しては寛容であったが、私の島ではボドゥベルは男性だけのものであるという伝統的な考え方が根強かった。しかし私はどうしても勉強したかった。なぜなら単純にかっこよかったから。でもその理由では通用しないと分かっていたので、私はモルディブの文化を学んで日本で紹介したいという理由をつけて勝手に勉強を始めた。ボドゥベルを教えてくれたお兄さんは、島では悪いと有名なグループにいた為、学びに会いにいくことが難しかったが、私は隙間時間を作ってはその人の練習場にいって一緒に練習をしていた。そこにいるみんなは丁寧に教えてくれた為、私はみるみるうちに上達していった。そして最終的にはステージでモルディブの歌を歌ったり、首都のボドゥベルのチームの人と一緒にボドゥベルをたたいたりすることができた。小さいころから音楽と目立つことが大好きだったその血が騒いでとても楽しかった。

私はバレーボールも島の人と一緒に練習していた。その島ではバレーボールが盛んで、毎日四時から夜のお祈りの時間まで（だいたい二時間くらい）練習を行っていた。男女関係に厳しいイスラム教であるのになぜかバレーボールは男女混合で練習をしていた。屋外にあるコートの為、風によってボールが変化して普通のサーブが魔球へと変化し、それを取るには一筋縄ではいかなかった。なんにせよ、そこでスポーツの好きな活発な友達をたくさん作ることができたのは良かった。ファズミーヌという男はバレーボールが上手くリーダー格でいつもみんなをまとめていた。そして見た目もかっこよく私のど真ん中タイプであったが結婚して子どももいたため、私のアイドル的存在としてとどまっていた。

　モルディブでは洋服を買わずに布を自分たちで買って、それをテイラーさんにお願いして縫ってもらうのが一般的であった。私の身長は一七〇㎝と日本人の平均よりは高く、いつもフリーサイズの洋服を選ぶとイメージと違って全然似合わないという現象が起きていたので、モルディブの好きな布を組み合わせて好きな洋服を作るスタイルはとても新鮮ですごく楽しかった。

　他にもモルディブの文化で断食や犠牲祭というものがあった。意味としてはそれを行うことにより食に対するありがたみを再確認するということである。断食は一カ月、日が昇ってから沈むまでの間、何も喉を通してはいけないというものだ。実際にやってみて一年中暑いモルディブで、水を飲まないということが辛かったのだが、小学校一年生から断食は行う為、私は『一年生にできて私にできないはずはない』と心に叩き込み挑んでいた。

強い意志を持ち臨んだ断食で一番辛かった想い出は、友達の島に遊びに行ったときの帰りの九時間フェリーで飲まず食わず、首都にたどり着いた時であった。その時は空腹とのどの渇き、船酔いと戦い続けた結果、首都に着いた時はゾンビになったような気持であった。ちなみに一番長い船旅は三日間首都から私のいた島に行った時であった。そのときは海が荒れていなかったので良かったのだが、友達の島へ十二時間フェリーで行ったときは天気が崩れ、船が揺れに揺れて気分が悪くてどうしようもない時もあった。日本でいう普通のバスが横に二つ繋がっているような大きさの船が嵐で大きく揺れているときは、もう生きた心地がしない。しっかりと捕まっていないといつ海に投げ出されるかもわからず、海水が入ってきて中はびしょ濡れ。気分が悪すぎるのだが、陸に着くか波が収まるまではもうどうしようもなく、いっそ海に落ちた方が楽なのではないかと考える程であった。逆に晴天の日は、船に乗っているかどうか分からないくらいスムーズで快適である。心地よい風がさわやかに過ぎ、これぞ船旅！と思った。モルディブでの船旅は天候によってだがある程度覚悟しておくとよいと思う。

ちなみに私の島からどこかに行くときに、天候が悪い日は船が出るかどうか分からないということが数回あった。行く準備をして一時間くらい船着き場で他の人たちと一緒に待って、船が来ないからじゃあ家に帰ろうと判断する次第である。次の船は三日後にでるので、その日に出られないのは私にとっては大きな問題であった。家に帰りその旨をがっかりした様子でホームステイの家族に伝えたにも関わらず、彼らは「それは残念だったわね。とりあえずご飯でも一緒に食べる?」と全然気にしてないような感じであった。そうか、これがここでの当たり前なのか。と改めて感じた。心配したり、がっかりしたりしてもしょうがないことは全部神様のせいにして『しょうがなかったね。ははは。』と笑う島の人たちが、私は好きだ。

モルディブは約二千の島から成り立っていてその中で二百は住民島で人が住んでいる島、その他は無人島である。ある日そんな無人島にホームステイの家族と友達と行って迷子になってしまった。

その日は午前中にみんなで小型の船で無人島に向かった。無人島についてからはみんなでご飯を作って一緒に島の中を探検した。最初は五人で探検していたのだが、大きな亀の甲羅を発見した後、気づいたときには私と小学校四年生の男の子の二人だけになってしまった。その島は直径十キロメートルと聞くと小さいが、木が生い茂っていた為、一〇歩も歩けば浜辺が見えなくなるような島であった。私は携帯電話を持っていなかった為、とりあえず海か人を探して歩き続けた。迷子になるという経験をその当時はあまりしたことが無かったので、これほど心細いものだとは思わなかったが、まだ一人でないだけマシだった。私たちは二時間ほど歩き周り、運よく誰か人を見つけて道を聞き、だんだん日が落ちてきて焦りながらも結局日が落ちる直前に仲間と無事に合流することができた。あの時日が落ちていたらと思うと恐ろしい。

モルディブに来て一年がたったあたりから、仲良くなるにつれ、イスラム教に改宗しないかという提案を受けるようになった。彼らからするとイスラム教以外の宗教は死後に地獄に落ちるらしいので、彼らは私が地獄に落ちるのをどうにか防ごうと必死であった。私は宗教についての理解はあったが、改宗したいと思うことはなかった為、改宗はしなかった。ちなみにもしモルディブ人（イスラム教の方）と正式に結婚するのであれば改宗しなくてはならないらしい。

モルディブでは気軽にココナッツジュースを飲むことができる。家の外にあるココナッツの木を登り、ココナッツを手に入れて帰ってくればよい。私たち若者が素足で登れないようなココナッツの木に年配のおじいさんが命綱なしに登る姿は圧巻である。彼曰く、練習のたまものであるということであった。その時は悔しいよりも、尊敬の気持ちが勝った。

私は学校の長期休みの間にスリランカ、タイ、インドに旅行に行った。スリランカは大体一週間程度で音楽の先生である友達と一緒に行った。初めて象に乗ったり、シーギリヤロックの世界遺産に登ったり、野犬に追いかけられて狂犬病を恐れて逃げ回り汗だくになったりと色々な経験ができた。一度バスで移動していた時にぱっと他の車が横から現れ、私たちのバスの運転手は急ブレーキをかけた。それがあまりにも『急ブレーキ』だったので、危うく前にすっ飛んでバスの前のガラスを突き抜けそうな勢いであった。私は念のために私の身体を支えていた左手に感謝した。運転手はその後笑っていた。一応言っておくが、それは笑い事ではなかった。

タイでは水上マーケット、タイマッサージ、たくさんの寺院や仏閣を巡った。タイマッサージでは身体がボキボキと今まで聞いたことのないような音を立てて恐怖を感じ、気持ちいいという感覚を通り越してすごく痛かった。息が何度か止まり、鬼のようなものすごい形相になった私の想いは、残念ながらマッサージをしてくれた彼女には伝わらなかったことだけが悔やまれる。あとは友達とホテルで待ち合わせをしたのだが、タクシーのおじさんには英語が通じず、私はタイ語が話せなかった為、タクシーのおじさんと二人でタイの夜の街を車でぐるぐると周った。そのおじさん、最初にそのホテルの名前を見せたら、知っているような様子だったから信用したのに、ただの愛想のいいおじさんであったと気づいた時には時すでに遅し。最終的に奇跡的に目的地にたどり着いたからよかったものの、予定時間を二時間はオーバーしていたということがあった。私達は日本食に飢えていたので、タイに来てわざわざ大戸屋という日本食料理店に入ったり、美容室に行ってみたりと満足にリフレッシュできた旅であった。

インドは当時の彼氏がいたため数回訪れた。最初に訪れたときは着いた三日後に熱を出し病院に行った。病院に行くまでの道のりがバスで四時間くらいのでこぼこ道で頭がぐわんぐわんして吐きそうだった。病院では英語のしゃべれる友人に助けられ、何とか薬を手に入れることができた。しかしその錠剤の大きいこと大きいこと。日本の薬の二倍以上の大きさであった。そしてそれはとても強く、私はそれを飲み込んだ後一時間くらい我慢していたのだが後に吐いてしまった。しかしなぜかそこで買ったごく普通のポテトチップスだけはその時食べられたので、そのお陰でなんだかんだ生き延びることができた。助けてもらった友達に感謝である。他にはラッシーというヨーグルトのような飲み物を飲んだ時に、水には気をつけていたのだが氷を入れたまま飲んだことにより案の定お腹を壊した。でも辛い思い出よりインドのカレーはスパイスが効いていておいしかったのと、手がスパイスでヒリヒリしたような印象が食べ物に関しては強い。

ある日、バラナシからモルディブに戻る飛行機をしっかりと事前に取っていたはずだったのに、空港会社の手違いで取れていなかった。というのが空港に行って判明した時があった。

急いで違う便の飛行機を取ろうとしたが、その空港では現金以外扱ってもらえず、私は飛行機代が払えるほどの現金を持ち合わせていなかった為、飛行機を見つけてもお金を払うことができなかった。どうにか誰かに連絡を取ろうにも、そこの空港にはＷＩＦＩがなく連絡もとれず。途方に暮れて泣きそうになりながら片っ端から空港にある航空会社に交渉をしに行った。その当時の英語力では日常会話がぎりぎりのレベルであったがそんなことを気にする余裕はなかった。ただもう少し英語が話せれば。という後悔の念に苛まれるだけだった。会社は三つあったが全て全滅。それでも諦めずに二周目の三つ目の会社の方と話をしているとき、私の困りかねた様子を見て一人の男性がこう言った。

「俺の携帯からＷＩＦＩを飛ばして連絡を友達ととり、その人に飛行機を取ってもらえばいいよ。」パニックだと頭が正常に働かないので、その時の第三者の意見はとても貴重である。希望の光が見えた。私はモルディブにいる友達に連絡を取り、私の飛行機をとってもらうようお願いしようとした。携帯電話の充電は残り三％。祈る思いで友達に連絡した。幸い一人の友達が気づいて連絡をくれたためどうにかなった。ありがとうすーさん。

ハプニングを話すときりはないのだが、それも今となってはいい話のネタである。死ななければ何とかなる。ちなみにインドのお気に入りの場所はタージマハルとバラナシのくねくねした細い迷路のような道を抜けて見えるガンジス川の眺めであった。ガンジス川の近くでは火葬場があり人が焼かれていた。その独特な雰囲気に思わず目を見張った。広場と道が繋がっているような場所では男性陣がクリケットを自由に行っていて、歩いている私たちの方にも普通にボールが飛んできた。

インド人のその彼氏は束縛が強いが、動物（特に犬）に好かれる素直な男だった。私は笑顔が素敵な男性に弱いらしく、彼のクシャっとした笑顔はいつも私を楽しい気持ちにさせた。日本に帰国した後まで関係は続いていたのだが、彼は私が電話に出ないとそれに対して怒り、誰といたのか何をしていたのかを事細かく聞く癖があった。特に男性と会う予定があるとそれだけでもう怒り心頭であり、私は男と女という理由で日本の友達を切ることをしたくなかったので、その状況に窮屈さを感じ、私から電話で別れを告げたのであった。出会った最初はただ一緒に話したり、バラナシの街を探検したりするのが楽しかったのだが、彼はとても積極的で、会って三日位で私と付き合いたいと言っていた。正直私はその時点で彼に対する好意はあったのだが

「お互いのことを知らないのに付き合うなんて早くない？」と聞いたら

「今こうやってお互いが好きだと思う気持ちはかけがえのないものだから、俺はそれを大

切にしたいんだ。」と言った。
その純粋な言葉と素直な彼の気持ちが私の心に刺さり、私は彼と付き合うことに決めた。彼はいつも歩くのが速いのだが、その彼を追って一緒に散歩するのはスリリングでとても楽しかった。彼と一緒に歩いていると、他の人引きから声を掛けられることが減り、バラナシで安全に旅をすることができた。彼は自由な人で、一瞬目を離したすきに小さい子どもと凧揚げをしていたり（彼は凧揚げがとても上手かった）小さい手漕ぎボートに二人で乗ってガンジス川を渡っているときは、景色に見とれて気づいたらボートには私しか乗っていなくて、慌てて辺りを見渡したら川の中からひょこっと現れたり。（彼はその時自由に泳いでいた。）彼の家は裕福な感じではなかったが、家族が仲良く支え合いながら暮らしている様子がかいまみえた。彼はお母さんと三人の男兄弟で暮らしている様子だった。その時に彼のお母さんが作ってくれたカレーがなぜか母の味という感じで温かく、ゆっくりと身体の芯から染みわたったような感覚があった。その旅行の最後の日
「また来るね、またね。」と言って気軽に別れたのであった。まさかそれが最後にお互いの顔を見る機会になることとは知らずに。私は今でも彼が、彼の家族が楽しく生きていることを願う。素敵な経験をありがとう。

淡い恋の日本人との関係はというと、そのインド人の彼と出会う前に既に両想いのような感じになっていたので、気持が盛り上がっていたのだがそれは私だけだった。いつの間にか私の仲の良い友達ともいい感じになっていたらしい。私は以前から彼に興味があることをその仲のいい友達に相談していて、彼女は
「彼は私のタイプではないけど、いい人だと思うよ。」といって私の背中を押してくれていた。彼女は私のいた島と一番近くの島に住んでいたこと、歳が同じ、そして同じ体育教員ということもあり、私は彼女が大好きだったので、その言葉は私に勇気と希望をくれた。という訳で私は彼女のことを心から信じきっていたので、まさかこんなことになるなんて想像すらしていなかった。もし彼女がその気持ちを少しでも前に私に共有していてくれたなら結果は違っただろう。彼女が彼に興味があることなんて一切何も話を聞いていなかった為、彼からその話を聞いたときにダブルパンチでショックを受け、いっきに日本人のグループの人間関係がどうでもよくなった。二人のこと好きだったのに。信じていたのに。その反動で日本人との人間関係はめんどくさいからもう深くかかわることはやめようと心に決め、モルディブ人や日本人以外のことに集中しようと極端な考えに至ってしまっていたという背景があった。今はもう二人のことはどうとも思っていない。ただの友達で特に特別な感情はない。これは私が最初で最後の三角関係を勝手に作り上げて一人で勝手に辛く

なった記憶である。

この写真はモルディブでダンスを踊った時の衣装である。ドレスは水色で、ブルガ（頭に巻いてある布）は黄色で、色だけのイメージだとドナルドダックのような感じであった。

『ディベヒ語』時代「ダンスドレス姿の私」

五章　『英語に熱中』時代

色々なことがあって経験を積むことができたモルディブ生活。私が学んだことは、大きく二つ。人との繋がりを大切にすることの重要性、可能性は無限大ということであった。

帰国する時には英語を勉強することに対するやる気が今まで生きてきた中で一番の域に達していた為、英語を勉強する為にどこかに留学することに決めた。私は今までは考えられない位にとにかくやる気に満ち溢れていた。留学候補としてはカナダ、ヨーロッパ、オーストラリアなどがあった。私は温かい気候が好きだという理由と、サーフィンに挑戦したいという理由からオーストラリアのゴールドコーストに行き先を決めた。そしてそれまでの六か月間、自分が本当にやりたいことをやろうと考え、女優のオーディションを受けることにした。私は体育の教員になる為のことしか今まで勉強していなかった為、この分野は初めての挑戦であったが、モルディブでの経験のお陰で経歴や周りの目などは気にならなかった。

試験は実技試験のみで、内容としては自己紹介、歌、演技であった。試験ではモルディブの歌をディベヒ語で歌ってみた。おそらくそれが功を奏し、緊張はしたものの無事合格し、事務所に所属することになった。歌や演技の練習を重ねていく中で、舞台のお仕事をもらった。舞台はマクベスを女の暴走族団として行うもので、『ちあき』という役をもらい練習に励んだ。

毎日稽古の日々。ダンスの練習も行った。正直、他の誰かを演じることがこんなにも難しいことだとは思わなかった。本を本棚から選ぶ、お店でラーメンを頼むなど、いつも普通にしていることが演技になるとその役を『演じる』ことになりぎこちなくなってしまう。女優さんたちが普通に見える演技の奥の深さを感じた。そこで出会った仲間は、アイドルから役者とさまざまであり、また違った世界の方々と関わることができた。みんなとてもカメラの自撮りが上手いことが印象的であった。ヤクザの役を演じることで、今まで使ったことのないような言葉や表現の仕方を学び、新鮮な気持ちであった。役者は数学のように正解、不正解ということではなく、どれだけ監督のイメージした作品に近づけるか、そしてその中でいかに自分の味を出していけるのかが大切になってくる。試行錯誤を繰り返し、仲間と話し合いながら一つの物語を作り出す過程は、とてもクリエイティブで毎日が刺激的であった。実際に公演は一週間であった。多くの友人や親戚が私のことを応援しに訪れてくれて、本当に感謝の気持ちでいっぱいであった。そのあとも舞台や映画のオファーがあり、わくわくするような状況ではあったのだが、私は以前から決めていたオーストラリアに行く道を選んだ。

オーストラリアに行く一番の理由は簡単だった。英語を上達させる為だ。今まで学校でいくら勉強しても伸びなかった英語。それに強い不快感を覚えていたが、モルディブのディベヒ語を二年で英語以上に話せるようになったことから、実際に行って学ぶ以外で英語を話せるようになる道はないと単純に考えた。私は六ヶ月間語学学校に行くことに決めた。この六ヶ月でどれだけ成長できるか、自分の可能性に全てをかけた。最初の二カ月はホームステイで、その家は中学生の双子の女の子のいる家であった。最初に家に着いた時は緊張と飛行機の疲れがあったせいか、ベッドに横になった瞬間に寝ていた。学校は家から歩いて一時間半、バスで三〇分くらいであった。最初の日はバスに乗っていったが、日本のように停留所に勝手に止まってくれない為、乗りたいバスが見えたら手を挙げて合図をしなくてはならない。そしてバスの中には電光掲示板が無い為、道を覚えてタイミングよく降車ボタンを押す。私はそのシステムに緊張してしまったのと、お金の節約の為、次の日からたまに歩いたり走ったりして学校に通うことにした。

一カ月後には、友達にスケートボードを借りてその面白さに気付きそれで学校に通うことにした。最初は歩くのと同じかそれ以上の時間がかかり、ボードが後ろに飛んで行ったのを追いかけたりしながら汗だくで学校に通っていたが、最終的には四〇分くらいで着くようになった。転ばないように神経を集中させる為、けして楽ではなく、寧ろ汗をかいて学校に到着していたが、それすら心地よく感じていて、私はその頃からスケートボードの虜になっていった。

初日はクラス分けテストがあり、二日目はいよいよ新しいクラスに入った。クラスの国籍は半分日本、それ以外はブラジル、スペイン、パラグアイであった。私はその時この先どう日本人と接していくのかという問題に直面した。その時の私の英語力は中級の下のクラスであり、もちろん英語より日本語で話す方が百倍は楽である。でもここで日本語を話していたらせっかくお金を払って英語をオーストラリアまで学びにきた意味がない。そう思った。でもどう日本人と接すればいいのだろうか。その思いをクラスの担任の先生に話してみた。

「本当に英語を伸ばしたいのであれば、家族との電話以外で日本語を話すことはやめる。と自分で決断した方がいい」と彼は言った。

私は彼の言う通りだと思ったのでその日から英語だけを話すことに決めた。日本人の友達は悪気など一ミリもなく、私が日本人と分かれば日本語で話しかけてくれる。そこで私は彼らに初対面の時に自分の状況を説明することにした。

「I'm from Japan but I can't speak Japanese because I really want to improve my English skills during 6 months.」

（私は日本人だけどこの六ヶ月で英語を本当に上達させたいから日本語を話さないって決めたからよろしくね。）

この発言により、ほとんど百パーセントの友達は私の状況を理解してくれた。それもそのはず、語学学校にきている人の多くは英語を学びたいからいるわけである。そのおかげで私の周りには日本人以外の違う国の友達が集まるようになっていき、私の英語力は日に日に伸びていった。クラスで感じたことは、日本人は全体的に謙虚で発言を控えていること。それに比べ、中南米、例えば私のブラジル出身の友達は分からないことがあったら先生が説明途中でも口をはさむ勢いで質問をしていた。私は『ミスを恐れてはいけない。みんな英語を学びに来ているのだから、わからなくて当たり前だ。』と考え、勇気を出し彼らと張り合うように授業に取り組み始めた。そのおかげで先生方からは

「あなた本当に日本人なの？すごく積極的でいいわね。」と言われるようになっていた。

そして私はここでボランティアの前の研修プログラムで行ったのと同じ目標『笑顔であいさつ』ということですれ違った人、会った人全員にあいさつをして友達を増やしていった。

最初のクラスで友達になったチェコ出身のクリスティーナとはそこから学校で一番仲の良い友達になっていた。三週間後、努力の甲斐もあり進級することができた。次のクラスメイトは日本人は私以外に一人だけ、それ以外はチェコ、スイス、ブラジル出身の国の人達であった。その一人の日本人の友達、りんも私の意志を理解し、私にはいつも英語で話しかけてくれた。りんは髪はショートヘアで落ち着いた雰囲気があり私よりも年上かと思ってたら、年下であった。協力的な彼女のお陰もあり、私の会話力はまたもやすごい勢いで伸びていったのだが、語彙力と文法などはやっぱり弱かった。理由は今までの積み重ねが無いことにあるのは明白であったので、そこに力を入れながら勉強を続けていた。

学校のイベントでスポーツ大会があった為、私はバレーボールの練習にも取り組んでいた。そこの仲間はスイス人が多く、そこでも新しい友達ができた。改めて思ったことは、スポーツは人と人を繋げるものだということだ。たとえ生まれる国が違ったとしても。スポーツを一緒にやればみんな友達である。この六ヶ月は友達づくりと英語の上達に費やした日々であった。

恋愛に関しては、インド人の彼氏に別れを告げてから特に誰かとお付き合いをしていなかった。マッチングアプリを使って英語の勉強がてら気が合いそうな人とメッセージを英語で交換したり、マッチングした人と会ってみたりした。ある人は真剣に恋人を探していて、またある人はただ遊びの為に使っていた。そんな人達との出会いの中、一人のナイジェリア人の彼と恋に落ち、付き合うことになった。彼は弟と一緒にゴールドコーストに住んでいた。家で怖いサメなどのＤＶＤを一緒に見たり、ナイジェリアの料理を一緒に食べたりと日々は充実していた。

ナイジェリアの料理の辛さは今までで経験したことが無いような辛さであった。間食するのに彼は二〇分、私は一時間半かかった。食べている間は汗が止まらず、そして予想通りお腹を壊した。

最初の三カ月くらいまでの付き合いは順調にみえたがその後なぜか徐々に連絡の頻度が落ちていき、それに伴い相手が何を考えているのか分からないのに、それを聞くことができなくなっていた。このパターンはいつものパターンである。このパターンを変えない限り、私は付き合って別れてを繰り返すことになると思った。心の距離を感じるようになり、私の方から別れを告げた。自分から別れを告げたくせに、またもや傷ついた。いつもの癖で相手の気持ちをネガティブに捉えすぎで辛くなった。もう人と別れる経験はしたくないと思った。何回目だろうか。笑クリスティーナはそんな落ち込んだ私を励ますために、ナイトクラブに誘ってくれた。それは私にとってオーストラリアで初めてのナイトクラブであった。その次の日はオーストラリアの独立記念日で学校が無かったため時間を気にしなくてもいいし、私はダンスをするのが好きだったので、その時は純粋に楽しみであった。今までは英語の勉強に支障をきたすと思い自粛していたのだが、一回くらい、別に今彼氏がいるわけでもないのだから、いいだろうと思った。実際に行ってみたら中は薄暗く音楽はガンガンなっていて、多くの人で賑わいをみせていた。化粧が濃いセクシーな女性が多いように感じた。学校の友達の多くもそこにいた為、学校のパーティーに参加したような気分でもあった。オーストラリアでは日本と違ってナイトクラブに悪いイメージはないらしい。一人の女性の先生はナイトクラブにお酒を飲まず、エクササイズの為に通っていたという。そんなこんなで私はダンスの人ごみの中で1人汗だくの男性とすれ違った。

「中は暑いね。」とたまたま目が合ったので声をかけた。

「そうだな。」と彼は返した。

その時はその人とまた会うとは思ってもいなかったのだが、運命の巡り合わせか、その後他の友人との待ち合わせがあって、出口のドアの近くで友人を待っていたらまたさっきの彼と会った。今度は彼から声をかけてくれた。彼のあだ名はケネ。ナイジェリア人だった。私は心の中でまたナイジェリア出身の人と会った。と驚いていた。そんな驚きをよそに彼は話し続けた。彼はこの近くの大学に通っていて、私と同い年。今日はナイトクラブに行きたい友達の運転手として来ている為、お酒は飲まずにただ踊っているとのこと。ダンスが好きなことやおおらかに笑うその姿に親近感を覚え、もっと話がしたいと思った。

ナイトクラブの中で話をすると大音量の音楽のせいで自然と大声になるので、外で話をしようと二人で外に出て、ベンチで話をした。話は尽きなく、私達は時間を忘れて話にふけっていた。お互い友達が中にいることもあり、そろそろ中に戻ろうとしたが、ナイトクラブは三時まで、時間は既に夜中の二時をまわっていた為、中に入ることができなかった。そのナイトクラブはサーファーズパラダイスにあり、海に近い場所だったので二人で歩いてビーチに向かった。私はナイトクラブに戻れなくてラッキーだとひそかに思った。浜辺に座り、たわいもない話をしながら一緒に時を過ごした。海のさざ波に星の光が反射していてきらきら美しいなと思っていたら、気づいたときには彼のことを好きになっていた。

私は自分自身熱しやすい性格だと知ってはいたが、全くもってその通りだと思った。気分と酔いに身を任せ、彼とハグとキスをした。しかし当時の私はナイトクラブに対する偏見もあり、今こうやって楽しい時間を過ごせただけでいいとしよう、いい思い出ができたなと思うことにした。好きになってのめり込んでしまったらもう取り返しがつかなくなる。

もう傷つきたくなかった。きっとまた会うこともないだろうと思うようにして、心のバリアを張っていたのだが、彼は私の電話番号を聞いてくれた。それは素直に嬉しかった。でも誰かと付き合ってまた別れて傷つきたくないし、誰かを傷つけたくもなかったが、少し彼が連絡をくれることを期待した。

数日後、彼は連絡をくれて幸運なことにまた彼と会えるということになった。そこからどんどんと心の距離は近づいていき、付き合うことになった。

最初のデートは公園でカンガルーをみた。私は生まれてはじめて野生のカンガルーを近くで見られてテンションが上がっていた。その後は日が落ちてきたので急いで元来た道を蚊と戦いつつ彼の車へと向かった。またある日は彼の家で映画を一緒に観た。今まで付き合った人の中で、彼は恋愛表現が豊かで、おおらかにはっはっはと笑う人であった。私は彼のことが本当に好きだった。あとはケネの黄金色の小麦肌がとても美しいと思った。不満はただ一つ、連絡が取りづらいことだった。私は、予定は早めに決めたかったのだが、その日の予定をその日に決めるような感じで、今日は会えるの？会えないの？と何度もヤキモキしていた。でも会えると分かると私は大喜びで飛んで彼の家に会いに行くのだった。彼はいつも色々な料理を作って私をもてなしてくれた。

そんな楽しい日々はあっという間に過ぎ、私が日本に帰らなければならない日が近づいていた。最後の日に彼は私にメッセージとお揃いのブレスレットをくれた。私はさみしくて泣きそうだったのに、彼はずっと笑顔でいた。本当は彼も泣きそうだったということをその後、彼の書いてくれたメッセージで知った。そのお陰で私はブリスベン空港に着いたときには涙が溢れていた。既にもう一回彼に会いたいと思った。私は彼に電話して、半年後にまたオーストラリアに戻ってくることを彼と約束し、オーストラリアを去ったのだったが、半年間という時間はとてつもなく長い期間になるとは、予想はしていなかった。

この写真は親友クリスティーナとの二ショットである。彼女はオールトラリアにいる約半年間、ずっと私を支え続けてくれた大切な友達である。

『英語に熱中』時代「オーストラリアの親友と二人で」

六章　『MR. CRAZY』時代

私は彼にまた会いたいという気持ち一心でオーストラリアに戻ることを決めたので、それがなければ、ニュージーランドなどまた違う国にワーホリで行こうと考えていた。オーストラリアへ戻るための資金稼ぎとして、兵庫の城崎温泉の旅館で仲居の仕事をすることにした。なぜなら英語を使える現場で日本の文化についてもう一度勉強したかったから。その条件は完璧であった。私はそこで約五カ月働いた。

旅館の仕事は夕方にお客様を迎えてから始まる。私たちは夕方の五時に出勤し、着替えて早めの夜ご飯を食べる。その後お客様をお部屋にご案内して、夜ご飯を運ぶ。そこの旅館は個室での食事だったので、一つのお部屋にだいたい四回程行ってコース料理を並べ、一人で三つくらいの部屋を、責任をもって持つことになっていた。そして食事が終わったら食器を片して布団を敷くまでがその日の私達の仕事であった。そのあとは旅館の温泉に入り、疲れて家に帰って爆睡。次の日の朝は五時頃に起きて出勤し布団をたたみ朝食の準備をした。そのあとは会計とお客様の見送りを済ませ、空いた部屋から掃除を行った。だいたいお昼ごろに掃除が終わるので、昼ご飯を食べて寮に帰り、夕方の五時まで自由時間という流れであった。

私はそこで働くことによって、日本のおもてなしの精神や、どのように旅館のチームの一員としてお客様に最高のサービスを与えられるか、海外の方の日本に対する視点などを学ぶことができた。お客様が本当に喜んで、また次回に来たときは私を指名すると言ってくれたり、ここの旅館に泊まって最高の経験ができたという言葉をもらったりしたときは、この仕事をして本当に良かったと感じられた。色々なお客様がいらっしゃって、時には対応に戸惑うこともあったが、いつでも笑顔で私のできること百パーセント尽くしていた。

城崎温泉は山と川に囲まれた自然が多い地域で、温泉巡りで有名だった。昼間から浴衣を着た人たちが下駄を引っ掛けて街を歩いている様子が見られた。私は温泉の大ファンだったこともあり、温泉につかると日ごろの疲れやストレスはお湯に溶けて流れてしまうように感じた。一緒に働いていた仲間は年齢、経験共に様々で幅広い年代の方と関わることのできるとても良い機会に恵まれていた。そしていよいよ二度目のオーストラリアの冒険が始まる。


心から会いたいと思っていたケネとの連絡は、実際のところぎりぎり糸一本で繋がっているかどうかすら曖昧のような感じであった。私が日本にいる時、連絡は月に一回取れるかどうかであった。私は正直とても不安であったが、また会うという約束をしていたし、どうしても彼に会いたかったので、着いた日に藁にすがるような思いで連絡をしてみた。そうしたら奇跡的に彼は電話に出て、彼が仕事終わりに私に会いに来てくれた。もう嬉しすぎて感極まって泣きそうなわたしを彼は優しく、でも力強くぎゅっと抱きしめてくれた。前より全体的に大きくなったような気がしたが、相変わらずの笑顔と自由な雰囲気に私は安心したのだった。これでまた一緒にいられるから大丈夫。

そう思ったのはつかの間、この関係は長くは続かなかった。

私は語学学校に二週間ほど通ってセカンドビザの申請の為の情報を手に入れようとしていたとき、彼とまた会えたのだが、それっきり連絡が途絶えてしまった。その時に特に何か問題があった訳ではなかったので、今でも意味が分からない。私の中では彼と私の関係はそんなに簡単に壊れるような関係ではないと信じていたので、どうにか連絡を取ろうと必死であったが、近くにいるのに会えないという状況が精神的に非常にきつかった。その理由もあり少し離れたファームでセカンドビザ申請の為に八十八日間働こうと決め、カブルチャーというゴールドコーストからは三時間くらい離れた都市に行くことを決めた。事実上のケネとの決別であった。

新しい生活はある意味面白かった。なぜなら私がシェアしていた家は、私以外はまさかのみんな台湾人と香港人であり、中国語と台湾語で会話をしていたからだ。私はせっかくオーストラリアに来たのだから違う国の人とシェアハウスで住んだ方が面白いと考えていた為ここを選んだが、正直それは想定外であった。英語が通じる人が十人中二〜三人だが、基本的にみんなは私と話をする以外は中国語と台湾語の為、話についていけない時が多い。特にみんなが何かについて笑っているときに、一人だけそれを共有できないことが寂しく悔しい気持ちばかりであった。その状況を嘆いても何もはじまらないので、そこで私は中国語を勉強することに決めた。部屋を一緒にシェアしていた台湾の女の子のあだ名はジョイス、英語はあまり話せなかったがとても心が優しい私より一つ年上のお姉さんであった。私の中国語が上達するとともに、彼女の英語力も伸びていった。私とジョイスはいつしか本当の姉妹のように仲良くなっていった。

ファームでの最初の仕事はイチゴのピッキングであった。毎日朝六時から夕方六時まで働くのに、稼げたお金は一日たったの五千円程度。というのもファームでの仕事は取れ高制ということで、イチゴを取れば取った分だけお金になる。そこのファームは雑草が生い茂っていて、イチゴを探すことも難しい状況であったのと、私が花粉症のような症状がでてピッキングに集中できなかった。というのは言い訳として、実際のところ私はイチゴのピッキングはへたくそであった為このような結果になっていた。とりあえず八十八日働けばセカンドビザの申請ができてもう一年長くオーストラリアにいられるので、その為だけに働いていた。そして二週間後、イチゴの時期が終わり、私たちはラズベリーのピッキングの違うファームへと移動した。そこのファームでは台湾人だけではなく、ヨーロッパの人もいた為、英語を話す機会に恵まれた。しかしスーパーバイザーが台湾人であったため、いつも通り中国語が飛び交う職場であった。こちらも取れ高制だったのでみんな一生懸命ラズベリーを摘んでいた。

私は朝の六時から十時くらいまでのまだ暑くない時間の集中力は一〇〇点満点なのだが、それ以降になるといつも集中が切れてしまっていた。台湾人の友達の中ではここでもう三年も働いていて、一週間に三千ドルくらい（三十万円位）稼ぐ人もいた。たまにその友達のまねをしてピッキングをしてみたりしていたが続かず、私は大半の時間は友達づくりに徹していた。

ピッキングの時に他の働いている人たちと向かい合わせになるのだが、真ん中のフリーゾーンが案の定取り合いになる。そこで無言のバトルを普通は繰り広げる訳なのだがそこでお互いの気分を損ねたくはないと思い、始める前に「今日もお互い頑張ろうね。」と笑顔で声をかけてから始めるようにした。そのおかげでそこのファームで働いていた百人くらいはみんな顔見知りになった。

そんな中、一人のロンドン出身の女の子と友達になった。彼女の名前はルナ。彼女はいつも休み時間にひとりでいたので気になっていて話しかけてみた。彼女は大きい目を持つ、まつ毛の長く小麦肌のきれいな女性だった。私と彼女はすぐに仲良くなってルナは彼女のバンドのコンサートに私を誘ってくれた。私は二つ返事で参加した。それはカブルチャーから少しはなれたマンゴーヒルという場所でやっていたので、彼女は私をそこに一緒に連れて行ってくれた。

コンサート会場はエコビレッジのような場所で、オーストラリア人を中心とした色々な国のヒッピーな自由人たちが集まっていた。その中で私はというと、得体のしれない限りない可能性を感じて目を輝かせていた。そこではファームで一緒に働いているバックパッカーの仲間も来ていた。みんなでお酒を飲みながら踊った。バンドメンバーの一人がコカインの吸い方について教えてくれたが、鼻がすごく痛そうなのと、もともと興味ゼロだったので、見ているだけにした。コカイン、マリファナ、マジックマッシュルーム、MDMA、保健体育の教科書に載っていた色々なものを初めて身近で見た。私は世の中には色々な人がいるなと思うだけであった。その日は星空の下で毛布にくるまり寝た。

次の日は朝からお酒を飲み、音楽に合わせて踊り狂っていた。胸の奥がジーンと熱くなり、誰にも縛られない自由をはじめて身体中で感じた、私にとって特別な時間であった。時間はあっという間に過ぎ夕方になった。キャンプファイヤーのような火を囲んでみんなで思い思いに音楽を演奏したときに、私はモルディブでやっていたボドゥベルを思いだしてボンゴというアフリカの太鼓を二つ地面に置き、足で抑えて演奏してみた。それが本当に嬉しくて楽しくて心地よくて、モルディブに戻った様な気分で無我夢中で叩いていた。その時は宇宙空間の中を無重力のままふわふわ浮いているような気持ちになった。三十分ほどみんなで演奏していた時、横にいたアメリカ人の男性に声をかけられた。彼はダイヤモンドのようにきらきら光るピアスをしてバズキというマンドリンに似た楽器を演奏していた。彼はいきなり

「南無妙法蓮華経—。」と流暢な日本語で私に話しかけてきたので、いやはや驚いた。初めて会った日本人にそれはなかなかのチョイスである。そもそもなんで日本人と分かったのだろう?次々と疑問が湧いた。

　彼は日本の文化に興味があるらしく、私たちは気づけば音楽そっちのけで話に熱中していた。彼が演奏しているバズキという楽器。見た目はギターに似ていたが、弦が二本ずつありそれはそれは素晴らしい音色を奏でているので、私は興味津々であった。彼が弾いてみるかどうか提案してくれたので、私はそれを触ってみた。彼が近くに来て私の手を取っ

て弾き方を教えてくれた。その時彼の手が私の手に触れて、なぜか少しだけ胸の高鳴りを感じた。

その後、彼が私のピアノの演奏を聞きたいと言っていたので私たちはその円をこっそり抜けてピアノの方へ向かった。その時はまだ知らなかったが、彼はそこのエコビレッジの住人であった。そのあと彼の部屋に案内してもらって彼が作った色々なもの（洋服、帽子、絵など）を見せてもらった後、じっと見つめられたので、じっと見つめ返してみた。そうしたら私たちはお互いに不思議な魂の繋がりのようなものを感じて、どちらともなく抱きしめてキスをした。抱きしめたときに彼の鼓動を感じ、私はもっとどきどきした。そのまま時が止まってもいいかなと一瞬思った。そのまま流れてどこまでも行ってしまいそうだったので、私は無理やり我に返り

「み、みんなが待っているから一緒に戻ろう」と言って、その空気を無理やり断ち切った。

彼は不思議な感覚を持つ素敵な人だとは思ったが、あまりその頃はどんな人かまだよく分からなかった。そしてそのモルディブの太鼓「ボドゥベル」の演奏が功を奏して私は友達のいるバンドにパーカッションとして加入することになった。バンド名は「Endless Valley」（エンドレスバリー）である。ラズベリーのピッキングをする以外、私はバンドの練習やコンサートに参加するなど、慌ただしくも充実した日々を過ごしていた。そのアメ

リカ人との彼とも連絡は続いていて、何度かデートもした。最初のデートの日は、彼は車で迎えに来てくれて一緒にピザを食べて車の中で過ごした。その頃は既に彼に熱中していて、彼の彼女になれたらいいなと結構本気で思っていたのだが、まあ現実はそんなに甘くはなかった。

ある日、ルナから話があると切り出された。

特に思い当たる節はなかったので、なんだろうと思い話を聞いてみると、アメリカ人の彼が私達の友達と関係を持ったのだという。ルナは私が彼とデートをしていて、私の彼に対する気持ちを知っていた為、驚きと怒りの気持ちを込めてそれを私に伝えてくれた。私は一気に氷水を頭からかぶったような感じで頭が働かなくなった。とりあえず彼女にはお礼を言った後、私は（特に大切な話は）直接聞いた話以外は人の話を信じないと決めているので、彼に直接連絡をして真実を確かめてみた。彼からの答えを聞いて、私はそれを聞いたことを後悔した。それは真実であった。私は彼が私以外の人とデートしていることを知らなかった為、二股かけられていたこと、彼と私の気持ちの温度差に本当にショックであったのだが

「俺は今誰とも付き合ってないから自由だ。」と彼は言っていた。

そのあとにアメリカの文化では付き合うまでにデートの期間というものがあり、そこで彼女や彼氏を見極めるということを知ったが、私にとっては後の祭りであった。私の心は完全に燃え尽きていて、寧ろマイナス三〇度の世界まで一気に突入していた。もうどうでもよかった。私は彼にとってその程度の女だったのだ。完全に冷め切った心から彼に別れのメッセージを送った。

「文化の違いがあるのはしょうがないとは思うけど、日本ではこういうことはあり得ないし私はこういうことは嫌いだから、もうあなたとは会いたくない。彼女探しを頑張ってね。私以外で。さようなら。」そうしたら彼の態度は一転して、色々と弁解していたようだったがあまり覚えていない。私はもうこの関係は終わったものだと思っていたので、聞く耳すら持つことができなかった。さんざん色々言った後に彼は

「それで次いつ会える？」意味不明を通り越して宇宙人だと思った。私の悲しみ、怒りなどの気持ちは彼には届いていなかったのだ。私はもう会う気が無い旨をもう一度丁寧に伝え、全てを終わりにしようとした。

それから数週間は連絡を取らずにその間にクリスマス、お正月を迎えていた。本当は彼にあげようと思っていたクリスマスプレゼントはスーツケースの下の方で息をひそめていた。

新年を迎え、私はもう彼にとらわれずに自由に生きようと決め、動き出していて、モータンアイランド島というブリスベンから近いリゾートの仕事の面接が決まっていた。その時期になぜかアメリカ人の彼とどちらともなく連絡をまた取り始めた。その時の私の彼に対する気持ちは、正直ゼロであった。好きでもなく、嫌いでもない感じである。その中で、クリスマスプレゼントを今更だけど交換しようという理由からもう一度会うことになった。私は自分が久しぶりに彼に会ったときにどう感じるのか、恐怖と興味があった。ちなみに既にその時点では離島リゾートでのバイトはほぼ確定であった。

私達は久しぶりに再会した。お互い準備していたクリスマスプレゼントを交換して、将来について、文化の違いなどの話をした。もう会うことは無いだろうと思い、最後に抱きしめると相変わらず他の人には感じることのない、不思議な安心感とずっと昔に会ったかのような繋がりをまた感じた。私は誰かと付き合うとしたら、将来真剣に結婚まで考えられるような人とでないと付き合いたくないという考え方を持っていたので、その話を共有した。美しくも儚いような夕方の景色の中、私たちは公園でただただ時間を共有していた。私はもう会うことは無い彼のこの先の将来の成功を祈った。ひと時の夢のような、短い、でも輝いていた時間であった。

二日後、なぜか彼がフェイスブックで私をタグ付けしていた。今更なんだと疑問に思い開いてみたら、ステータスが変わっていてなぜか私と『交際中』となっていた。・・・なにが起こったのか理解ができない。しかも誰か既に『いいね』をしているし、誰かは『おめでとう♡』とか言っている。せっかく私の中での気持ちも落ち着き、次に向けて進めると思っていた矢先の出来事である。

「今フェイスブックで見たんだけど私たちっていつから付き合ってるの？」

「うーん昨日？」

「・・・昨日？·聞いてないんですけど！」

「ごめんまずかった？」

私は一気に力が抜けてしまった。今まで誰かと付き合ったときは少なからず百パーセントの好きという気持ちでいっぱいの状態から始まっていたのだが、今回はゼロパーセント＋困惑からという未知なるスタートを切った。そのお陰でといってはなんだが、離島のリゾートで働く話は無くなった。この先の人生、突波乱万丈の予感しかない。それが今の彼氏、Geoffrey Maher（グリフィー）である。

私はその当時、ファームの仕事を五十日位終わらせていて、あと約三〇日位残っていたのだがオーストラリアに二年目いるかどうか定かでは無かった為、違う仕事をしようとブリスベンの近くに引っ越し仕事を探していた。私はマッサージの仕事に以前から興味があった為、マッサージの仕事を探した。マッサージのスキルは一度身につければ一生ものだ。自分の友達や家族を幸せにできる、無敵な技術である。ちなみに生まれてはじめての彼氏との同棲をその時期と同じ頃にスタートした。楽しみと不安な気持ちが一緒になっていたが、どうにかなるだろうと気楽に考えていた。会いに行かなくとも会えるという環境で、今までよりも楽しいことを共有できるので今よりももっと楽しくなりそうな気がした。

マッサージの仕事は無事に見つかり二週間の研修後に試験に合格して働き始めることができた。私達はマークというオーストラリア人の家で、他の日本人カップルと共に家をシェアしていた。私は彼（グリフィー）の影響を受けて自分が何をすることが好きで、どんな人生を歩みたいかについて真剣に考えるようになっていた。二人で絵を描いたり、ヨガをやったり、お面を作ろうと試みて、私の目に白い物体が入って痛くて大変だったり、彼の引くバイオリンを聞いてリラックスしたりと、やりたいことをやって自由に生きていた。私はその時に初めてストレスやリラックス効果のある薬用のマッシュルームの薬を飲んでみて、その効果でおもしろい絵を描くことができた。（これはマジックマッシュルームではありません）

マークは素敵な人だった半面、日本人好きであった。彼のボディータッチが激しいことや、距離が近いことがあり、私たちは家を引っ越して、今度は家の地下に二人だけで住んだ。その家にはバイロンベイという地域のオーストラリア出身の二〇歳くらいの双子が住んでいて、二人とも髪は長く金髪でゆるいウェーブがかかっていた。素直で可愛らしい彼女たちが日本語に興味を元から持っていたお陰で、私は日本語先生としての彼女たちに授業を週に一回行っていた。

マッサージの仕事はやりがいはあったものの、肉体的にも精神的にもハードな仕事であった。私以外の同僚はみんなマッサージの大学や専門学校を出ていて、マッサージの技術はもちろん、知識も私のはるか上をいっていた。私は上手くなりたくて毎日練習に励んだが、マッサージの技術の差はそう簡単に埋まるものではなく、お客様からクレームをもらってしまうことがあった。その時に毎回

「あなたは練習が足りないのよ。もっと練習しなさい。」とオーナーに言われたが、私はもうすでに頑張っているのに、これ以上どう頑張ればいいのか分からなかった。

また彼女はグリフィーのことについてまで何かしらいちゃもんをつけて文句を言ってきたので、徐々にストレスが溜まった。唯一の日本人の同僚はというと、最初は仲良く色々な話をしたり、マッサージの練習について教えてくれたりといい関係を保っていたのだが、ある日、休憩時間に彼と一緒に練習していた時に、グリフィーが昼ご飯を私と食べる為に

来てくれた。練習は途中だったのだが、彼には理由を言って私は先に昼休憩をグリフィーと取った。それが気に食わなかったらしく、その休憩から帰ってきたら彼の私に対する態度は明らかに急変し、私のことを無視するようになった。きっと練習を一緒にお願いしていたのに私が抜けてしまったことに腹を立てたのだと思い、私は家に帰った後メッセージを送って謝ったのだが、その後返信は一切なかった。そのあとも彼がその仕事を辞めるまで、私は彼にずっと無視され続けた。確かに私がしたことは間違っていたかもしれないが、それで理由を相手に伝えずに無視をするのは違うと思う。私は強がってはいたものの、彼が仕事にいる日は毎回憂鬱になった。彼自身はとても素晴らしい人間性を持っているし、色々と教えてもらって感謝しているが、私は何かあった時にそれを伝えずにいきなり人を無視するのではなく、思ったことは直接人に伝えられるような人になりたいと彼をみて学んだ。

そんな日々を重ねていたある日、マッサージの練習のし過ぎで腰を痛め、ストレスで膀胱炎になり、原因不明の熱が三十八度六分くらい出てしまった。本当はそうなる前にグリフィーに相談したかったのだが、彼は彼なりに大変な時期であったため、迷惑をかけまいと一人で抱え込んでいた。すべてが爆発したその夜はバンドの練習があった。マッサージの仕事を終え、バンド練習に向かうときに外は強い雨が降ってきていた。私は傘を忘れてしまっていて、到着するころには既にずぶ濡れであった。バンド練習を終え、グリフィーが車で迎えに来てくれて本当に助かったが、家に着いたとたん震えが止まらず、暑いのか寒いのかわからないという状況であった。とりあえず温かいシャワーを浴びてはみたものの震えはおさまらなかった。それでも彼を心配させたくなかった為、私は寝ようと試みたが一向に寝られず震えていた。横にいた彼は私の異変に気付きて
「どうしたの?」と聞かれ私は
「暑いけど寒い。」と言った。
そのあと彼は私の身体に触り、私の身体がすごく熱いことに気付いた。
「何かため込んでいることがあるなら全部吐き出してみな。」と彼は言ってくれた。
私は滝が流れ落ちるように大粒の涙と共に全てを吐き出した。私は弱いと思われたくなくて強がって生きてきたからこのざまだ。自分自身が本当に恥ずかしいと思った。いつもそうだ。誰かと付き合うと、その人のことが大事になって、大好きすぎて嫌われたくなくなって、素の自分を出せなくなる。これを言ったら嫌われるのではないかと考えると何も言えなくなる。いつものお決まりパターンだった。今回も、もうこれで愛想をつかれてこの関係もおしまいだ。そう思った。でもこの時は違った。嫌われる覚悟で全てを吐き出して心も身体も弱りきって震えている私を、彼は優しく抱きしめてくれた。そして彼は言っ

た。

「ため込む前に何でも俺に相談したらいいよ。二人だったら乗り越えられるから。そんなに辛いなら無理してマッサージの仕事を続けることはないよ。」

その時の彼の言葉のおかげで、自分をさらけ出すことが前よりもできるようになったのと同時に、マッサージの仕事を辞める決心がついた。あの時は初めて彼氏という存在に私の全てをさらけ出したのに受け止めてもらえたと実感した瞬間であった。

私がマッサージの仕事を辞め一週間ほどしたあと、私たちはアメリカ人のグリフィーのおじさんにブリスベンで会う機会があった。彼のおじさんは日本に三十年ほど住んでいて、静岡の抹茶を世界に輸出する仕事をしている。そのおじさんに抹茶を海外に売る仕事をしてみないかと話を持ちかけられた最初は『さすがに冗談だろう』と思った。なぜなら私はビジネスを立ち上げた経験はないし、何より抹茶に対する知識がゼロに等しかったからだ。そんな私の気持ちとは裏腹に、グリフィーのテンションがどんどん上がっていくのを感じた。それは彼の話す口調ですぐに分かった。彼から最初にやってみようと提案を受けた時、私は言葉を濁して、その質問を避け続けていたのだが、おじさんのくれた抹茶を一週間ほど毎朝一緒に飲んでいるうちにその味と抹茶の不思議な魅力にはまっていき、気づいたときには私も抹茶のとりこになっていた。その後、もう一度グリフィーからやってみようと言われたときには、気持ちは前向きであった。おもしろい経験ができそうだし、なんでもやってみないことにはわからない。私はやることに決めた。それが私たちの会社GEISHA TEA（ゲイシャティー）の始まりであった。まず私たちは抹茶については素人であったため、抹茶について勉強することから始めた。それと同時に、会社のロゴを考えた。さぴーというパプアニューギニアに行ったことのある友人に、絵にかいたロゴをデジタル化してもらい、念願のロゴが完成した。たくさんの人の助けもあり、順調に進んでいくかのようにみえた。そんな中、突然のグリフィーのビザが五日後に切れるという報告。実際は一カ月前頃にそのような話をしていた時、私はどうにか解決策を打ち出したくて調べて、それを彼に共有しようとしていたが

「今はその話はしたくない。」と言って先延ばしにして耳を貸そうとしなかった。

と、いうわけで、自分のことは自分でどうにかしてくれと思っていたらこういう状況に陥っていた。笑　彼はアメリカに戻るか、どこかオーストラリアから近いニュージーランドなどの国に行かないといけないと言った。ニュージーランド。その国は奇遇にも私が以前行きたいと考えていた国の中の一つであった。自然と羊が多い国。彼が一緒に来るかどうかと聞く前から私の答えは決まっていたのであった。

それからはクレイジーに慌ただしい日々を送っていた。今借りている家をどうするか。車

を誰に売るか。バンドの活動はどうするのか。飛行機はどうする。ビザは・・・。空港でニュージーランドを出る飛行機を取らないとそこに行く飛行機に乗れないと言われ、急遽帰りの飛行機を空港で予約するというハプニングは、はあったものの、どうにか一つ一つ乗り越えて無事にニュージーランドのオークランドに到着したのであった。

これはマンゴーヒルでグリフィーに会ったパーティー。一番左がルナでその隣がグリフィーと関係を持った友達。それ以外はファームで働いていた友達。

『MR.CRAZY』時代「マンゴーヒルのパーティーで」

七章　『GEISHATEA（ゲイシャティー）』時代

ニュージーランドでは季節はどんどん冬に向かっていた。私たちはオークランドのバックパッカーズのホテルに何日か泊まり、旅の作戦を考えた。ニュージーランドでやりたいことや、やりたくないことを全て紙に書き出した。やりたいことは、GEISHA TEA（ゲイシャティー）抹茶を売る、温泉に行く、ホビット村に行くなどで、やりたくないことは冬に車中泊をする（寒いから）などであった。

到着二日目には中で寝ることができるいわゆるキャンピングカーのような車を中古で購入し、そこで寝ることによって泊まる費用を浮かせて生活することにした。オークランドのマウントエデンという地域は大きな街には近いものの、自然もあり、美味しいピザとインドカレーのお店もあり、とても過ごしやすい場所であった。近くの山には歩いて二十分で山頂に登ることができて、オークランドの街を一望できた。そこは私たちのお気に入りの場所の一つとなった。たくさんの観光客（主に中国人）がその山には訪れているようであった。私達は合計一〇回程登った。

私たちは観光ビザで入国したのだが、ワーキングホリデーのビザを取ろうと試みた。まさか取るまでにそんなに時間がかかるということは知らずに。私たちはオークランドでクエーカーというキリスト教の一派の協会にお世話になったり、オーストラリアで所属していたバンドメンバーの友達の家族の家におじゃましたり、ピハ、ロトルア、ワンガヌイ、ウィリントンと車で旅を続けていた。車で生活していて一番の問題はトイレとシャワーであった。シャワーはグリフィーの持っていたオーストラリアのジムのチェーン店がラッキーなことにニュージーランドにもあり、その鍵を使って三日に一回程度の頻度で浴びていた。温かいシャワーを浴びると毎回身体が生まれ変わったような、フレッシュな気持ちになれた。喧嘩をしていてもシャワーを浴びれば仲直りができるほど、シャワーは絶大な力を持っていた。トイレはできる限りキャンプエリアで探し、どうしようもない時は山の中に入って用を足した。ロトルアで久しぶりにバックパッカーズのホテルに泊まった。理由はシャワーを浴びたい、洗濯をしたい、久しぶりにベッドで寝たい、ＷＩＦＩを使いたい、たまには他の人と交流がしたいからであった。その日の夜にそのバックパッカーズで会った日本人の友達がしていたヘアラップ（髪の毛の束の外側を色々な色の紐で巻いていくもの）が魅力的で、かの有名な海賊ジャックスパロウみたいだったので、どこでやったのか教えてもらったら、彼女のドイツ人の友達がやってくれたらしい。幸運にもその友達は明日ここに来る予定だったので、私も明日やってもらうことになった。いざやってもらうと大体三〇分くらいでできた。赤、茶色、白などを入れて海賊のイメージにしてもらった。私はそれが壊れるまでずっと大切にしようと決めた。ちなみにワーキングホリデーのビザは来てから一カ月以上かかって、ようやく手元に届いた。

旅の途中で自然の温泉が湧き出ていて、ちょうど温かいお湯と冷たい水が交わる場所で神秘的な体験をした。その温泉に入る直前は、私は車の運転で神経がすり減っていて、グリフィーとの関係は最悪だったのだが、その温泉は入った瞬間から気持ちがやわらかく安らかになり、私達のすさんだ心を癒してくれた。母の羊水にいたとき記憶はないが、きっと優しく温かく包んでくれて、こんな感じなんだろうと思った。夕暮れの小雨の中、太陽が出ているのに雨が降っていて、そこには私達だけの世界が雄大な自然と共に広がっていた。ゆっくりとお湯に浸かって、帰るころには私たち二人には笑顔に戻っていた。ほっとした。本当によかった。

ホビット村は入場料が高かった為、とりあえず私達が持っているお気に入りの服を着てドレスアップして外のレストラン、お土産屋さんに行って雰囲気だけ味わってみた。その甲斐もあり、帰る頃にはホビット村にもう行ってきたかのような雰囲気であった。ちなみにニュージーランドで運転していく道のりは山あり谷ありカーブありで難しいうえに、地元の人がすごい勢いで飛ばし後ろからあおってくるので、私は瞬きを忘れるほど集中していて、生きた心地がしなかった。

私たちが唯一持ち歩いていた楽器がホイッスル（リコーダー）であったので、時間さえあればアイルランドの音楽を一緒に演奏していた。グリフィーはアイルランドの音楽を長い間プロとしてやっているのでたくさんの曲をたまに優しく、ほとんどスパルタ教師になって教えてくれた。ピハに行ったとき、くねくねみちを超えて着いた場所は海と山が一体となっているかのような美しい場所であった。広い砂浜を小さい子どものように思いっきり裸足で走りまわった。とても開放的な場所であり、身体だけでなく心も解放されていった。私は大好きなディズニー映画パイレーツオブカリビアンの曲をリコーダーで吹いて自由を満喫していた。ちなみに帰りは同じくねくね道にやられて車酔いをした。

旅を重ねていくごとに、地元の方々のあおり高速運転のお陰で私の運転技術は伸びていった。グリフィーとの関係は二四時間一緒にいるという環境で一カ月間。そりゃあイライラすることはあるが、お互い思いやりの気持ちを持ち続け、言いたいことは言いあうことで関係を繋いでいた。何度か私から別れを切り出そうとしたことがあったが、私達はいつも話し合いで解決に導いていた。そんなこんなで私たちはウィリントン（ニュージーランドの首都）にやってきた。そこは風がとにかく強く、凍えそうであったが、いくつかの素敵なカフェやアイルランドのバー、卓球とサッカーをする場所に恵まれた。そこで私たちはついにゲイシャティーを初めてマーケットに売り出した。反応は賛否両論でお客さんは二極化していた。好きな人はとことん好きで抹茶について詳しく語る人がいる一方で、嫌いな人は試飲もお断りであったし、そもそも抹茶について知らないお客さんも多かった。私たちは試行錯誤を重ね、徐々に売り上げを伸ばしていった。抹茶のサンプルの配布、抹茶クッキーをおまけにつける、ロゴの改良など思いつくことは全て行ってきた。おかげで最終日は二人で約六〇〇ドル（六万円）の売り上げを上げることができた。私はそこで怖がらずに英語で話しかける度胸とスキルを得た。

私たちが最初に住んでいた家は空港が正面に見える海辺にある家で、ネットフリックスを一カ月契約して、時間があればパイレーツオブカリビアン、ハリーポッターなどを観ていた。グリフィーはなぜかハリーポッターになると途中で寝てしまう変わった癖があった。その家では家をきれいに片付けるのを手伝うという条件で、二週間家賃タダで住んでいた。そのあとはグリフィーが隣の家の友達と話をつけたので、隣の家に一カ月住むことになった。

隣の家のオーナー（ジョン）は最初の一週間は出かけていた為、私たち二人で家を満喫していた。その間に私は二十八歳の誕生日を迎えた。グリフィーのサプライズで耳にピアスホールを開けたり、彼のバイオリンのレッスンを初めて受けたり、大好きなチーズケーキを二つも食べたりと、その日は本当に充実した幸せな一日であった。ジョンが帰ってきてからは家の雰囲気はがらりと変わった。彼はアルコール中毒で、家に帰ってきたその夜は本当に恐怖体験であった。彼は大きな声で何か怒鳴りながら、誰かに電話をしたり、部屋をうろうろしたりしていた。私とグリフィーは寝ていたのだが、その大きな声に驚き、それ以上は寝てはいられなかった。二人とも息をひそめて寝たふりをしていたのだが、残念ながらまだ家は改築中だった為、私たちのいる部屋にドアがついていなく、声が筒抜けであった。彼は彼の家のものの配置が変わったことなどに怒りをあらわにしていた。その夜は本当に生きた心地がしなく、私の身体は小さい子どものように縮こまってグリフィーにくっついていた。

次の日にジョンと会ったとき、彼は普通のテンションであったので、少し安心したが、私たちはできる限り日中は外で過ごそうと作戦を立てた。彼はセイディという犬を連れていた。セイディは人の心がわかる、澄んだ瞳を持つ美人な犬で私たちの良い友達になった。私は彼女が大好きであった。彼女は家で唯一の癒しであった。ジョンは一カ月家を空ける為、代わりに私たちがその間に住む予定だったが、やっぱり自分も家にいると言い出した。話が違うのではないかと思ったが、彼の家で彼がオーナーなので私達になすすべはなかった。私たちはできる限りポジティブなエネルギーを家に入れようと試みたが、なかなか厳しい挑戦であった。私はその時、どのような環境に自分たちをおくのかは本当に大切なことだと改めて感じた。人間は簡単に人に影響を受ける。ポジティブな人といればポジティブになり、ネガティブな人といればネガティブになる。

そんなある日、髪が伸びてきて前にロトルアでドイツ人の友達に作ってもらったヘアラップが崩れてきてしまっていたので、私は自分でほどこうとしたのだが、難しかったので傍にいたグリフィーにほどいてもらおうと思ってお願いした。その後彼は何を考えたのか、はさみを持ってきたので、私は念のためにこう言った。

「髪は切らないでね。」その次の瞬間、私の耳元でザクっという音が響いた。ザク?と私が考えていたのはつかの間、彼は私のヘアラップを髪の根こそぎ切って、それを私に笑顔で差し出してきているではないか。確かにそれは私の髪なのだが、私は怒りを通り越していたので、私の脳は考えることを放棄した。

「これだったら記念に残ると思って。」彼は好意でそうしたらしいが、そんなことこっちが知る由もない。私にとって髪がどれだけ大切か、この部分の髪が他の髪と同じ長さになるまでどのくらいかかるか知っているのか、その人の了解を得ないで髪を切るなんてことありえない、など次々と言葉が脳内に浮かんでは消えた。

「そんなのいらない。私は髪を切らないでって言ったのになんで私の了承を得ずに切ったの？本当にあり得ない。」
そう言って布団に突っ伏して泣いた。彼は驚いた様ではあったが、すぐにわたしの機嫌を取りに私の上にかぶさり、ふざけながら私をくすぐってきた。
「私に触らないで。」と言って彼を突き飛ばした。
その後は、そんなに怒らなくてもいいのにと呟いている彼のことをずっと無視した。その夜はずっとベッドの端っこでさなぎのように身体を固くして防御態勢を保っていた。まだ怒りが収まらず、寝る気になれなかった。彼はずっと私の様子を気にしている様子であった。彼も眠らずにいたようだった。気付いた時には既に夜中であった。彼は急にむくっと起き上がって私の方に来て
「ごめんなさい。」と日本語で私に言った。
私はまだ許せる状態ではなかったのだが、いつまで引きずっていてもお互いいいことは無いのは分かっていた為
「うん」とだけ言った。それでも髪を触るとあの時の怒りと髪を失った悲しみが少しの間はトラウマになって私に残り、それ以降彼が何気なく私の髪に触ると反射的に彼の手を払ってしまう拒否反応が治らなくなった。私はそれまで自分にとって髪がどれだけ大切なものか知らなかったので、いい勉強になった。ということにしておこう。

そんなある日の朝、私とグリフィーはいつものようにカフェに出かけて、ＷＩＦＩをゲットして、洋服などを縫うなどとゆったり過ごしていた。帰る直前に彼は

「俺は天才だ。オーストラリアに戻ること方法を思いついた。」といきなり言った。

やっと三カ月ほど経ってニュージーランドの生活にも慣れてきたところである。なんて突飛なアイデアだと最初は頭がついていかなかったが、もうだいぶ彼の直感的閃きには慣れてきていた。彼の話を聞いて、私達は二週間後にオーストラリアにまた戻ることに決めた。オーストラリアの方が気候は温かいのと、私のオーストラリアのビザがまだ切れていなく、セカンドビザを取るためのファームの仕事をする三〇日以上余裕があったこと、ゲイシャティーをオーストラリアに広げることが目的であった。私たちはジョンとセイディに別れを告げ、ニュージーランド最後の週をグリフィーの友達のダンケンの家で過ごした。

彼は妻と七人の子ども達と住んでいて、とても賑やかだが温かい家族であった。みんなでゲイシャティー抹茶のクッキーを作ってみたり一緒に遊んだりと、かけがえのない時間を過ごした。私も将来ダンケンの家族のような家族が持てたら幸せだろうなと思えるような、そんな理想の家族であった。

そしてウィリントンからオークランドまで約九時間の道のりで、朝早くに出発し、私とグリフィーは交代しながら運転して、夜に無事に到着した。その時が私の一番長い運転であり、その経験は私の運転に対する自信に繋がった。まさに『自信＝知識＋経験』である。

ニュージーランドからオーストラリアに戻るとき、グリフィーと私は別々の飛行機で帰った。なぜならグリフィーは既に飛行機を観光ビザ取得の時に購入していたからだ。私の飛行機の方が早い予定でその日の内に着く予定であった。しかし、私はオークランドからシドニー、シドニーからブリスベンと2つの飛行機に乗る予定であったのだが、最初の飛行機が遅れ、シドニーからのその日の飛行機に乗ることができなくなった。

どうにか違う飛行機を見つけようとしたが、最初の会社と次の飛行機の会社が違ったため、説得が厳しい状況であった。最初の会社はシドニーに着くまでしか責任は持てないと言ったので、次の会社はというとどうしようもなかった。私はその時飛行機をもう一度取り直すお金を持ち合わせていなかった。私は全く悪くないのに何でこんなことになるのかと考えていたら、無性に腹立たしく、悔しくなってきて、涙がこぼれてきた。グリフィーが電話で励ましてくれたことがあり、諦めずにダメもとで色々な会社と話をしてみたところ、二番目の飛行機の会社、タイガーエアラインが無料で次の日の飛行機を取ってくれた。神様はこの世に本当に存在する。私はこの人たちに救われた。私の心は感謝の気持ちでいっぱいになった。私も困っている人がいたらできる限りのことはしたいと思った。彼らのように。その日は空港のソファで浅い眠りについた。

そして次の日、朝早い飛行機でブリスベンに着いた。グリフィーとまたオーストラリアで会えた喜びをゆっくりとかみしめ、お祝いにビールで乾杯した。そして私たちは久しぶりに離れて住むことにした。なぜなら残りの期間、私はセカンドビザの為にあと三十三日ファームで働くと決めたのと、彼はブリスベンの近くで仕事をした方がいいと考えたからだ。

私はまたカブルチャーにもどり、苺のピッキングの仕事を始めた。また前回のジョイスを含む台湾の仲間達と約半年振りに会うことができて、率直に嬉しかった。そして今回働けるファームは前回働いていたファームよりも条件はかなり良かった。レートが良く、ごみの苺も取ればお金になるということと、雑草が生えていないため、苺が見つけやすく、摘みやすい場所であった。

私はとりあえずできる限りファームで働き、休みの日はグリフィーに会いにいった。

今まで一緒に住んでいた分、離れて暮らしているとお互いのありがたみがよく分かったので、寂しいながらもたまには離れるのも関係を維持する刺激としてはいいのだと感じた。私達は彼のいるホステルにいったり、私の住んでいる家に来たりした。

ゲイシャティーのマーケットもブリスベンのウエストエンドという場所で行うことが決まり、最初の日は無事に完売であった。一緒に働いてくれる日本人の仲間も数人見つかり、ゲイシャティーは活気づいていった。そして私は無事にファームの仕事を終え、その後はグリフィーと二週間一緒にブリスベンで住んだ。

その時に久しぶりに会えた時は夜の最寄りのバス停だったのだが、本当に嬉しくて嬉しくて荷物そっちのけで走っていって体当たりするように抱きしめた。そしてまた一緒にいられる喜びをゆっくりと噛み締めた。そこからの二週間は二人ともゲイシャティーの仕事に集中した。二週間はゆっくりと、しかしあっという間に過ぎ、私たちは三週間後に日本で会うことを約束して別れた。別れはいたってシンプルであった。また会えると確信できる別れはいつもと感覚が違っていて、別れた気があまりしなかった。私はその足でまだ行ったことのないシドニーへと向かった。

初日はバックパッカーズに泊まり、ヨハネというドイツ出身の新しい友達ができた。彼女は肌が白くて目が青くて可愛い小柄な女の子であった。彼女の白い肌は透き通るように美しく、日本では人気になること間違いなしなのだが、彼女は写真を撮るときにお化けのようになるのが嫌だから、日焼けがしたいと言っていたので、美意識の違いが面白いと思った。シドニーはブリスベンよりも南に位置している為、気候が全然違った。夜に駅に着

いたとたん
「さ、さ、寒い。」と私は肩を震わせた。そして上着をブリスベンに忘れてきてしまっていたことを心から後悔したのだったが、優しい日本人の友達が私に上着を貸してくれた為、どうにか大丈夫であった。

一日目はオペラハウスや近くの公園をうろうろした。ブリスベンに比べると人の歩くスピードが速く、多くの人が耳にアイポットをつけていた。服装はスーツなど、フォーマルな格好の人が多いように感じた。二日目からはそこでは久しぶりに会えたゴールドコーストの語学学校で同じクラスになった日本人の友達、りんの家に泊まらせてもらった。その日は無料の美術館に行ってみた。そこにはアボリジニのアートがたくさん飾られていた。無数の点からなる絵を見ていたら身体が勝手にぞわぞわし始めた。そして夜は彼女の仲のいい友達のサッカーの試合の応援に行き、久しぶりにみたスーパープレーに小さな私が心の中ではしゃぎまわっているのを感じるくらい、興奮した。私の人生にはスポーツが必要だとその時にまた気がついたのであった。

このロゴがGEISHATEA（ゲイシャティー）のロゴ。

グリフィー、ささぴー私三人の努力の結晶である。ちなみにこの女性のモデルは私。

八章　『日本の家族』時代

　そしていよいよ日本に帰国する日。久しぶりすぎて、実際にその日になってみても、本当に私は帰るのかどうかという疑問が胸の中にあったが、隣に座っていた素敵なご婦人との話が盛り上がったこともあり、飛行機の中で楽しい時を過ごしていたらいつの間にか帰国していた。

　到着したら、父と妹が私を出迎えてくれた。会えて素直に嬉しかった。約一年ぶりであったが、最初の一瞬以外あまり久しぶりな気持ちはしなかった。

　日本は蒸し暑く、じっとしていても汗をかくような季節であったが、このじめじめした感じでさえも懐かしく思えた。私たちは最初にホテルのバイキングに行った。たくさんの種類の食べものに感激したが、私は結局和食ばかり選んで食べていた。特に納豆はオーストラリアとニュージーランドで食べていなかった為、口の中にあの独特な風味が広がったときには、その味に自然と顔がほころんでいた。それを見ていた父、妹はバイキングに来て和食ばかり食べている私を見てにやっと笑っていた。そのあとは大江戸温泉物語という温泉にいって、久しぶりに日本の温泉につかった。身体の芯から温まると、身体だけでなく心まで優しく穏やかな気持ちになる。この経験は今までの人生に何回かあった。私は心が廃れたと感じたときは、温泉につかりに行くのはとても良い案だと思い、これからそうしていこうと決めた。

そしていよいよ久しぶりの我が家だ。家族がみんな元気そうに笑顔で迎えてくれたことが何より嬉しかった。私が日本に帰ってきた理由は、妹の結婚式、そしてモルディブに一緒に行っていた日本人の友人の結婚式もあったからだ。彼女はインド人と結婚した。

その彼女は私がピンチになると話を聞いてくれて、的確なアドバイスをくれるのに、自分のことになると周りが見えなくなるおちゃめな頼りがいのある大好きなお姉さんで、インドが大好きで、一緒にインド旅行にも行ったことがある。彼女が心から愛する人と結ばれることは素晴らしいことだと感じた。私は懐かしい仲間達に会えて、大切な人を心から祝福できる結婚式が好きだ。今まで海外にいたこともあり、結婚式に呼ばれてもなかなか帰ることが出来なかった為、この機会はとても貴重であった。

結婚式にいくと毎回『結婚とは何か』を考えさせられる。世界では結婚しないで一緒に過ごす事実婚や色々な家族の形があるが、日本人にとって結婚とはまだまだ当たり前でステータスのような風潮があると感じた。結婚したら一人前。日本ではそういう風に言われているように感じることも多々あった。特に妹が婚約して結婚をするということで、私は色々な人から色々なことを言われていたし、私自身も自分の将来について考える機会が増えた。グリフィーと私の関係は彼氏と彼女である。しいて言うなら恋人以上、婚約未満と表現できるくらいに私達は真剣な関係であった。でも私は喧嘩をしたり、文化の違いにぶつかったりしたときに、たまにこの関係性は一時的なような気がしていた。というのは今思うとただ傷つきたくなく、自分を守りたかっただけだったのかもしれないのだが。

色々と思考を巡らせたその日を終えて、私は日本にいる友人達と会う日々を過ごした。友人の多くは私の人生を楽しんで応援してくれているように感じて、ありがたいなと思った。そういう友達の励ましがどれだけ私の力になるか、私は本当に感謝しているし、これからもお互い高めあえるような関係を続けていきたいと思う。そして二週間が経ち、いよいよグリフィーが日本にやってきた。

オーストラリアで最初にグリフィーに会ったときはまさか彼が日本に来るとは想像していなかった。会えた時は身体の奥底から温かい何かが湧き上がって、それが目から溢れそうになり、私は思わずそれを走る原動力に転換して全速力で彼の元に駆け寄った。正直なところ、会う前は日本で一緒に生活することについて不安なことはあったが、会ったその時はそんなことはきれいさっぱりと忘れていた。私はその時この日本旅行を彼にとって最高なものにしようと心に決めた。私たちは成田空港の近くのホテルで一晩のんびりと過ごし、私の実家に帰った。私の家族は戸惑いながらも嬉しそうな様子だった。何日間か実家で過ごした後、北千住（お父さんのお母さん）の千住のおばあちゃんの家で二週間ほど過ごした。その中で私たちは家の片づけをしたり、鬼怒川温泉に行ったりと充実した時間を過ごした。鬼怒川温泉では日本の伝統的な旅館で自然の中で過ごし、久しぶりにリラックスできる日々を過ごした。グリフィーも日本の文化や自然を楽しんでいるように見えた。そのときは、彼が日本の米を食べるとお腹が痛くなることには気づいてあげられなかった。そのあと私は実家に一週間ほど戻り、彼はゲイシャティーの抹茶の生産地であるアメリカ人の静岡のおじさんを尋ねに行った。その間に私の中でのビックイベント、妹の結婚式があった。その日は朝から気合が入っていた。私は美容院に行って「結婚式で大丈夫なくらいぎりぎりのクレイジーな髪形にしてください。」と言ったら、今までに見たことのない素晴らしい個性的な髪形になった。しいて例えるなら、タイが泳いでいるような髪形になった。その後自転車で家に帰り、弟と式場に向かった。雨が降りそうであったが私の心は正反対でわくわくとそわそわが止まらなかった。式場に着いた時には私たちの家族は私と弟以外は既に部屋で結婚式は今か今かと待ちわびていた。親戚が一度にこのように集まれる機会はとても特別であり、久しぶりにみんなに会えての喜びにおしゃべりな私の口は止まることを忘れ、ずっと動きっぱなしであった。そしてついに挙式が始まった。
妹の真菜美が結婚する日は、いつかは来るのだろうと思っていたのだが、いざ目の前にしてみると圧巻であった。その時は声を出す必要はなかったのだが、のどに何かが詰まって声が出ないような変な感じであった。真菜美と旦那さんのなつきが永遠の愛を誓うとき、私はモルディブに住む経験をしてから永遠の愛に対して、本当にそのようなものが存在するのか疑問であったが、その時の愛を誓いあうその言葉は素直にすっと心に染みて『これは本物だな』と感じ、
目頭が熱くなった。それはこの世で一位、二位を争うとても美しい時間で、私も死ぬまでに一回はそんな結婚式がしたいなと思った。
そのあとはフラワーシャワー、ブーケトス、披露宴があった。その後、妹の親しい友人達と話がしたかった為に、母と父の後ろにくっついてあいさつまわりを一緒にしてみた。それはなかなか珍しいことらしく、みんなから珍しがられたのがちょっと嬉しかった。真菜美の友人はみんな人間性が素敵でその人達と時間を共有できて、真菜美は幸せだなと思った。そのあとは二人の馴れ初めビデオ、じゃんけん大会（惜しくも勝てず）ケーキバイトなどを終え、衣装変えの前に、まさかのみんなの前で話さなければならない状況になった。誰も前もって言ってくれなかった為、準備はできていなかったが、どうにかはなった。人間土壇場に

立てばどうにかなるものだ。私はお酒がまわっていた為、いつもよりもおしゃべりになっていたのが功を奏した。あと目立ちたがり屋だったのであまり緊張しなくて良かった。おいしいお酒と食事に囲まれて時は流れ、妹から母と父への手紙の時間がやってきた。

妹が人に感謝する心を持ち続けられていることは姉として誇らしいことだと感じるとともに、私の心の中にも家族に対する感謝の気持ちが自然と芽生えていた。そうしている間にも手紙の内容は進んでいき、妹は私と弟のことも書いていた。妹は私にとって家族であるとともに一番の親友である。これからもずっと仲良くしていこうと、何かあったらいつでも助けようと改めて心に誓った。式が無事に終わってから親戚から「次の結婚式は侑梨加ちゃんだな。」と言われる場面が多く、ニコニコしながらその質問をかわした。結婚することは日本の文化的には当たり前なのだろうか。大多数の考え方が普通や常識になり、悪気はなくとも人に影響を与えている。人と違うからいい、悪いということではない。その人が幸せに生きられたらそれが何よりである。人の幸せを素直に喜び、何かに挑戦しようとする人の背中を押してあげられるような人でありたい。その人のことを大好きで大事だからこそ心配になり、心配になるから不安になる気持ちはよく分かる。でもその不安をその本人にぶつければいいというものではない。ましてや人づてに聞くのはいい気持ちはしない。思うことがあるなら、その気持ちを直接本人に伝え、そのうえで応援できるのが本当に相手を考えていることなのではないかとふと思いついた。つまり言いたいことがあるなら私に直接言ってほしいということだ。それは日本に戻ってきてから感じた、私の心の叫びだ。

その式の一週間後に新宿でグリフィーと待ち合わせたときに、私は友達と会う約束があったので、少し早めに新宿にいた。その友達の彼女とは大学時代エアロビクス一緒にやって仲良くなった。彼女は和風美人でバレリーナをやっていた。二人でお昼ご飯を食べているときにグリフィーから連絡がきたのだが、私は彼女と過ごす時間を大切にしたかったのであまりしっかりと連絡を確認していなかった。その後ちらっと連絡をみるとメッセージが既に何通かたまっていて、彼はなぜか怒っていた。彼は既に新宿に着いているのに私が連絡を返さないことと、携帯電話のバッテリーが切そうでイライラしているのが原因だった。私はお互いが一緒にいない時の時間を大切にできないと、その人と一緒にいる時間は大切にできないと考えていたので、彼に待ってもらおうと思った。私達の約束していた時間まではまだあったので、私はその友達と一緒にいようと思ったのだが、事情を聞いた彼女は、それなら今彼に一緒に会いに行こうと言ってくれた。そして結局グリフィーの携帯のバッテリーは切れて、私たちは二手に分かれて彼を探すべく新宿の駅の周りを歩き回った。新宿は出口がたくさんあるので彼がどこにいるのか私は全く見当がつかなかったのだが、彼女が彼を見つけて私の元に連れてきてくれた。彼は目の下にクマができていて少しやつれているように見えてちょっと心配になった。話を聞くと、私の妹の結婚式に出られなかったことに対する私の家族のメンバーからの目に見えない疎外感（アメリカでは彼氏でも結婚式に参加できるのが普通らしい）や、静岡で辛い経験をしたらしかった。私は彼と話し合い、心の中でもっと彼にできることをしようと決めた。私たちはその後一緒に横浜の母方のおじいちゃん、おばあちゃんの家に二週間ほどお世話になった。祖母と祖父は私のことを大事に思い心配するあまり、色々な不安を私達ぶつけているような気がした。

「侑梨加ちゃんは感覚が日本人じゃないからアメリカ人とやっていけるのね。」

「今の仕事は何をしているの？本当にそれが成功するのかね。安定した仕事が一番。毎日働くことの方が偉い。」

いつもだったら笑って返せるような言葉が、その時の私は自分に余裕が無かった為、ずっしりと重くのしかかり、自分の中に層のように蓄積されていくのを感じていた。そんなすさんだ私の心には優しい言葉ですら響かなくなってきてしまっていた。そんな自分を変えたいのに、どうすればいいかわからず、迷った。

私はいつもみんなにいい顔をしようとして、最後に自分が参ってしまう。日本に帰ってきてからそういう状況が増えた。私は、みんなはきっと私が日本で先生をやって、安定した職に就いた日本人と結婚して、子どもができて日本で暮らして、はい幸せでした。というストーリーを望んでいるのかと思った。そしてその想像をしてみた。もし、私が今グリフィーと別れてゲイシャティーを辞め、いわゆる安定している先生の仕事を日本ではじめ、収入が安定している人と付き合って結婚したらどうなるのか。家族は喜ぶのだろうか。とそこまで想像してみたら心が苦しくなり、想像を辞めざるを得なくなった。これは誰の人生なのだろうか。素朴な疑問が浮かび上がる。私は他の人の為に生きているわけではない。私の人生は私が主役。なんだってやりたいことをやっていいはずである。そんなことばかり考えていたら横浜での二週間が終わった。近くに住んでいるおじやおば、いとこたちは私が決めた道をとことんやるだけやってみればいいと応援してくれていたのが救いであった。とにかくみんなの言葉をグリフィーにどこまで通訳して、どこまで伝えるのかの判断がとても難しい。そのことを悩み続けてとりあえず横浜を後にした。

実際は辛いことばかりではなく、グリフィーの二九歳の誕生日は一緒に初めて抹茶のお茶会の体験にいったり、夜は近所のスーパーで買ってきた極上の牛肉ステーキを一緒に食べて、おばあちゃんの作ったスペシャルな梅酒を一緒に飲んだりとゆったりとした日々を過ごせてはいた。たまたま近かったおばあちゃんの誕生日も一緒にお祝いして、新しいテーブルクロスをプレゼントしたり、紙粘土で自由に何かをつくったりもした。その他にはみなとみらい、中華街に遊びに行くなど、色々な場所も巡ることができた。しかし私の心は拠り所もなく不安定にふわふわと中を漂ったままであった。グリフィーの為にと思って我慢していた気持ちは結局また彼にぶちまけてしまうという、どうにかこのサイクルから脱出したかった。出口のない迷路をとにかく前を向いて歩き続けている感じに等しい心境であった。

北浦和の実家に戻り気分一新、私達はビジネスコースを一緒に受講することにした。それは彼が学び続けているボブ・プロクターという先生のもので、アメリカのロサンジェルスで行われていた。ＬＩＶＥ（生中継）でやるので日本時間の夜中の一時から朝の九時、連続三日間というハードなスケジュールであった。私は英語力が足りなくて内容を理解できなかったらどうしようかと不安であったが、実際にはそこまで問題はなかったので、英語の力は確実に伸びてきていると実感できて嬉しかった。自分で限界をやる前から作らずに、まずやってみるのは大事なこと改めて思った。

私たちはそこでパラダイムシフトについて学んだ。簡潔に言うと今までの考え方や大多数の意見は本当に影響力が強く、私達をがんじがらめにするので、そこからどう抜け出すか、といった内容であった。人生は短いが、人がやろうと思ったことは何でも達成できる。

まさに『可能性は無限大』である。そこでやるのかやらないのかは自分次第。例えばお金持ちになりたいなら、まず明確なビジョン、ゴールを決める。そしてそれに対する強い意志を持つこと。現実的にいつまでにいくら稼ぐなど具体的なゴールを決めて、そのために行動する。いつもと同じことばかりしていたらまたいつもと同じ生活、結果の繰り返しになるので、行動や考え方を、既にゴールを達成した時と同じに持っていくことによってVIBE（波長）が変わっていく。言い訳などは必要ない。ただやる。簡単そうだがこれが意外と難しい。私はとりあえず三十日間チャレンジとしていくつか項目をつくった。私は誰に何を言われようが絶対にあきらめないと心に決めた。その時はポジティブな気持ちが私を奮い立たせていてやる気に満ち溢れていた。

その後、私達はまた千住のおばあちゃんの家に五日間、滞在させてもらうことにした。その間私はこの本を書くことに集中して、グリフィーは自分の人生のゴールについて集中していた。私は、誰にも迷惑はかけまいと全力で取り組んでいたが、それは仇となった。おばあちゃんは私の幸せは心の底から望んでいるし、私の決めたことは本気で応援したいと言ってくれた。しかしグリフィーは外国人で、日本語も通じないから彼のことは好きだけど気を遣うから長くいられると困ると言っていた。私はおばあちゃんの気持ちは分かったし、正直に直接私に伝えてくれたことに関して本当に感謝していたのだが、またどこまでグリフィー本人に言っていいものか迷っていた。おばあちゃんはグリフィーに言うときっと彼が傷つくだろうから言わないでくれと言っていたのだが、私の抱えられる容量は既にオーバーしていた。私はグリフィーには本当の自分をみせられるようになったけれど、他の人には見栄を張ってしまうくせがあった。特に家族には余計な心配をかけたくないという気持ちの表れで見栄をはっていたのだが、それはもうこれ以上は通用しなかった。私の我慢はまた限界を超えた。私はまたグリフィーに対して全てをぶちまけて傷つけてしまった。彼は何でも言っていいというけれど、私はグリフィーにだけでなく誰に対しても本音で真剣に話ができればもっといいと思った。頭ではわかっていたが、もう自分自身何もかも意味が分からなくなっていた。私は自分自身に本当に嫌気がさし、すべてを終わりにしようと感情のままに彼に別れようと提案した。そうして話している中で、もうそういうことになってしまったかのような空気になってしまっていた。

私は一瞬心の中だけでなく、身体の中全てが空っぽになるような虚無感を覚えた。私は取り返しのつかない言葉を彼に言ってしまっていたのだった。私と彼との間の時間は止まっていた。

すごく悲しい気持ちになりながら、彼にもう一度確認した。

「だから、私たちは別れたってことでいいんだよね?」彼は黙っていた。私は勇気を出してもう一度同じ質問を投げかけてみた。

「ねえ、私たちは別れたってことでいいんだよね?」

「・・・僕はまだYESとは言っていない。」

やっと時間が少しずつ進みだしたような気がした。私はその言葉を聞いたあとそのまま立て続けに彼に心の内を明かした。

「いつも別れるとか簡単に言ってごめんなさい。でも私たちの関係は婚約しているわけでもなく、結婚しているわけでもないから、たまに一時的な関係のような気がしてしまうんだ。」

彼は少し黙った後こう言った。

「侑梨加がそう思うならきっとそういうことなのかもしれない。でも俺はこの先もずっと一緒にいられると思うことだってあるよ。」

私は今までそのような言葉を彼から聞いたことが無かったので驚いたとともに、嬉しかった。

結局二人の関係については、この先どうなるかはわからないけど、とりあえず結婚を決める前に今日から六か月間は別れないという協定を結ぶという話になった。この状況はとてもおもしろい。指切りげんまんをしてとりあえずその場は落ち着いた。いつも本気で別れを切り出すふりをして愛を確かめるという最低な方法をとる私を繋ぎとめてくれて、本当は心から感謝している。もっと自分に自信が持てるような人になりたいと切実に思った。そうすれば別れようなんていう言葉はそう簡単には出てこなくなるだろう。彼はアドバイスをくれた。

「これから誰に対してもいい顔をするのではなく、自分を大切にして俺にだけではなくみんなと本音で話せるようになればいいね」私は自分の気持ちを抑えるのは得意分野ではあったのだが、それはもうやめることにした。私は最後に彼にこう言った。

When I say I love you, it's always honest feelings. Good night.

（私があなたに大好きっていうときは、いつも正直な気持ちだからね。おやすみ）

九章　『チェコ・山の中』時代

本当は二〇一九年の十月にはこの本が一旦書き終わっていたので、その続きを書くかどうか迷ったのだが、それから実に様々なことが起こったので、この章に書き起こしてみようと思う。その後、私達は空き家が安い価格で手に入るとの情報を得て、その地域に空き家を探しに行ってきた。そこは自然豊かで山に囲まれていて、空気が澄んだ場所であった。私達はそこで一軒の空き家が気に入り、そこの役場の人と連絡を取り始めていた。その間、もう少しでグリフィーのビザが切れるということで、空き家の話はいったん保留にして彼はベトナム、私はチェコに一カ月行ってまたその後世界のどこかで会う約束をした。私はオーストラリアの語学学校で親友になったクリスティーナの家に一カ月ほどお世話になることになった。正直日本から抜け出して新しい世界に行きたい気持ちが山々だった為、絶好のチャンスであった。

チェコに着いたその時は一一月末であり、カラッとした気候で、とにかく寒かった。私はプラハの飛行場で彼女を待った。一〇分ほどして彼女は新しい彼氏と共に私の前に現れた。約二年ぶりの再会に私たちは喜びを爆発させた。やっと会えた。クリスティーナの彼氏はそんな様子を遠くからほほえましく見守っているようだった。彼の運転する車に荷物を載せて彼女の家まで向かった。首都のプラハから車で約三時間。私は初めて左側通行の国に来たので、その違和感に動揺を隠せなかった。彼女の家はオレンジ色の屋根の家で、彼女は彼女の母、黒猫一匹と一緒に暮らしていた。

そして私のチェコ・ホームステイ生活が始まった。チェコの食事はマッシュポテト、肉、魚、野菜と色々なコンビネーションがあったが、ほとんどしっかりとしたボリュームのある食事であった。私は毎食お腹いっぱいであった。チェコの物価が日本より安いことは知っていたが、まさかビールが水より安いとは。道理でチェコの友達の多くはアルコールに強いわけだ。と妙に納得した。日本ではなかなか昼間からお酒を飲む習慣はないが、チェコでは朝からビールを飲むのが普通だった。私は毎日チェコ語の勉強に励んだ。クリスティーナのお母さんが、英語が話せないのと、首都以外での村で英語が全然通じないことに気付いたことが理由だ。

初めて小さな村に彼女と遊びに行った時は、その建物の美しさに息を呑んだ。最初に感じたことは、東京ディズニーランドは実際に存在するということであった。カラフルで、でも新しすぎない古風な建物はまさに夢の国ディズニーランド。それはチェコに存在していた。私はそのことを繰り返し彼女に伝え、彼女はそのしつこさにあきれながらも笑っていた。

た。クリスティーナの彼氏、マイクは私よりずいぶんと背が高く、金色の髪に青い目を持つ美男子であった。彼は私が持ってきたゲイシャティーの抹茶を気に入っていくつか買ってくれた。彼の家には彼と同じくらいの大きさの犬がいて、私に会えて喜んで飛んできたときには正直恐怖でしかなかった。犬がこんなにも力強いということを今まで私は知らなかった。彼がなだめている一瞬の隙に私は家の中に転がり込んだ。チェコの多くの家には暖炉があって、それを使うと家の中が一瞬で温まる。私はその火を見るのが好きだった。

チェコの伝統的なお祭りが一二月の頭に行われた。悪霊たちが村を練り歩き、歌を歌わないとずっと帰ってくれなかった。悪霊たちの見た目は恐ろしく、彼らは英語が話せなかった。私はその時にとっさに思いついた『カエルの歌』を日本語で必死に歌ったら、彼らは納得して何故か石のようなものを私にくれたが、私にはそれが何かよく分からなかった。クリスティーナ達はそんな私を見て肩を震わせながら必死に笑いをかみ殺していたが、私には理由がよく分からなかった。ちなみにそのお祭りはなんだか青森の『なまはげ』のお祭りに似ているような感じがした。

この他に、私は違う色々な村に行ってカフェでケーキを食べたり、バスに一人で乗れるようになったり、電車で行き先が全部チェコ語で読めずに知らない人に道を聞きまくったり、降りる予定だった駅を通り過ぎ、降りて呆然となったり、首都のプラハでクリスティーナの元カレのダンとその地域を探検したりと、色々なことを経験することができた。ある日クリスティーナのお父さんと一緒にご飯を食べる予定があった。待ち合わせしてみて驚いたのは、彼は新しい彼女と一緒に堂々と現れた。チェコでは離婚に対する考え方は日本よりも寛容な感じがした。彼は鼻の辺りがクリスティーナに似て、優しい心をもった人だった。クリスティーナのお母さん曰く女癖が悪いらしい。それはともかく、彼らの幸せそうな姿をみて、私は離婚することは一概に悪いことではないと感じた。

その国の言語が話せないことが、これほど孤独でもどかしいものだとは私はすっかり忘れていた。モルディブに行った時以来の感覚であった。今になってやっとグリフィーがどんな気持ちで日本に居たのかが、身に染みて分かったような気がした。クリスティーナが通訳してくれるから助かったものの、それが無かったら私は孤独の塊の石と化していただろう。そんな中、グリフィーとはテレビ電話やメッセージなどで連絡を取っていた。三週間ほどたったある日、いつも通りに連絡を取っていたのだが、ふざけて動物とセックスする人がいる話をしていたのだが、私があまり関心を示さなかったことで内容がエスカレートしていき

「そういえばこの前習ったＹＯＧＡの先生が美人で素敵だったから彼女とセックスしよう

かな。」と言った。その瞬間私の堪忍袋の緒が切れた。

「すきなようにすればいいじゃない。おやすみ。」とメッセージを送った。

お互いが会えなくて辛い状況の中、どうにかやっていこうと頑張っていたのは私だけだったような気がした。

「え、ほんとにいいの？」と彼がメッセージを送ってきたので
「普通にいいはずがないでしょ。そういうことがしたいなら私と別れてからご自由にどうぞ。」

「冗談で言っただけだよ。本気にした？」とそこから、泥沼の戦いに二人は沈んでいった。

私は別に彼と別れたくてそう言ったわけではなく、遠距離恋愛をしている環境で笑えない冗談を言っている彼が許せなかっただけだった。その件のお陰でまた別れそうになったが、お互い会わないままそういう大切な決断をするのは良くないという話に収まった。いつになったら私は彼に振り回されずになるのだろうか。笑
クリスマスイブ、クリスマスはチェコ人にとって一年で一番重要な一大イベントである。日本で例えるとお正月のように家族、親せきが集まって一緒に特別な料理を食べる。私はタイミングが悪く二三日の夜に行ったハンバーガー屋さんで食あたりになり、それから熱が出て吐き気と下痢が止まらなくなってしまった。私の身体の中がお祭り騒ぎになった。二

日間ずっとベッドとトイレを行き来しながら過ごした。グリフィーに無性に会いたくなった。

クリスティーナ、彼女のお母さんの支えもあり、二五日にはどうにか何かを食べられるようになるまで回復したので、マイクの家のイベントに少し顔を出すことにした。まだ本調子ではなかったので、静かにしていようと思っていたが、それがかなう状況ではなかった。マイクの家族、親せきが一〇人以上その家に集まった。そして一緒にお酒を飲み、お昼ご飯を食べて、クリスマスのプレゼント交換をして、お開きとなった。その賑やかな会は、日本のお正月を彷彿とさせる雰囲気で、居心地は良かった。もう少しチェコ語が話せたらな、と切実に思った。私はほとんどの時間、そこに来ていた三人の子ども達とゲームをしたり、絵を描いたりして遊んでいて、緩やかな幸せなひと時であった。

そしてついに日本に帰る日になった。私はまたいつか戻ってくると約束して家を出た。たまたまクリスティーナの元カレのダンが、時間があった為、近くの駅まで送ってくれた。私達がオーストラリアで会った時は、クリスティーナとばかり一緒に話していたので、ダンがどれだけ魅力的で面白い人なのかと気づくことができなかった。こうやってゆっくり二人で話す時間があってよかった。彼は起業して色々と興味がそそられるようなことをやっているみたいなので、今後も連絡を取っていけたらと思った。電車で親切な方と出会い、その人が教えてくれたおかげで私はプラハに着いてから空港までのバスに迷うことは無かった。そして無事飛行機に乗り、ポーランドで既に予約していたホテルで一晩、最後の一人の夜を満喫した。この旅は人々の温かさを改めて感じられた旅となった。これからの人生、感謝の気持ちを常に持ち続けて生きていきたい。人生はじめてのヨーロッパ。最高の思い出だ。

一二月末に日本に着いた。日本の方が、チェコに比べて温かく感じた。言葉が通じることの喜びをゆっくりと味わいつつ、私はグリフィーと待ち合わせていた、東十条の近くのビジネスホテルに向かった。やっとグリフィーに会える。今まで付き合っていた中で一カ月全く会わなかったのは最長記録である。よくまあ遠距離恋愛苦手な二人が持ちこたえたものだ。ホテルに着いたら、彼は既に部屋で寝ていた。懐かしいその寝顔に心がかき乱されが、旅の疲れがあるだろうと思い、そっとしておいた。そして彼が起きてからお互い、お土産とお土産話で盛りだくさんで、話しても話しても、話が尽きることは無かった。以前考えていた日本で空き家を探すアイデアは交渉が上手くいかず一つの空き家の話は無くなっていた。しかし、私たちはその自然の多い素敵な地域に住んでみたいと考え、そこの体験民家といって一カ月か二カ月住むことができる民家を1カ月借りることに決めた。その時は年末であったので、私たちはそのまま私の実家へ帰り数日過ごし、横浜のおばあちゃんの家に年末年始のお祝いの為に家族で移動した。初めての日本のお正月をグリフィーに見せるのが私のひそかな楽しみであった。私自身もいつも海外にいてこの会に参加するのは四年ぶりであったので、ただならぬ特別感があった。ちなみに私達は、事前にお年玉をいとこ達にベトナムのお金とチェコのお金で用意を済ませていた。

年越しそばを食べて、紅白歌合戦をみて、みんなで大富豪のゲームをして、初もうでで、みなとみらいまででかけて。2020年も最高の年にすると二人で誓った。家に着いた時には既にみんな寝ていた。そして次の日お節料理を食べ、お年玉を渡し、実家に帰り身支度を整えて二人で実家を後にした。その前に私たちは今年の目標を考えた。そしてこの目標をどれだけ達成できるかで、私たちがこれから一緒にいるかどうかが決まる。と彼が言ったので一瞬ドキッとしたのは秘密だ。ここから私たちの山の中生活がはじまる。

私たちはその山の中にある空気がフレッシュな人工二千人弱の小さな村に住み始めた。平均年齢が六〇歳で、高齢化が進む村だったのだが、会った人々がパワフルすぎて、みんないい意味で年齢不詳であった。住んだ家のお隣さんはお花を売る仕事をしている家で、あいさつに行ったらその時に一月八日にあるどんどん焼きのお祭りに誘ってもらえた。私は埼玉の浦和育ちで、どんどん焼きというものを今まで経験することが無かったので、楽しみで心が躍った。どんどん焼きは無病息災を祈るお祭りであり、川辺でキャンプファイヤーのように竹を組み立ててやぐらを作り、家から持参したお餅、するめいか、ちくわなどをその火であぶって食べる。それはとても美味しくて、日本酒がどんどん進む。まず赤と白の繭玉のお餅を丸めて作り、それを枝にさして持っていく。花屋のご近所さんは、私たちにも一本ずつ木を準備してくれていた。その特別な木を持ってお祭りに参加した。

その河原にはその地区の人たちが集まっていて、日本酒、お菓子、みかんなどを配ってくれる人が数人いた。私達の日本酒の入っていたコップが空になるとすぐにたっぷりの日本酒を注いでくれるので、私たちはそこに着いて三〇分以内に完全に酔っぱらったが、みんな酔っていたのであまり気にならなかった。私は初めて会う人が多い中でぎりぎり理性を保とうとしていたのだが、家に着いた瞬間その緊張の糸が切れてバタンキューで朝まで眠り続けた。後で話を聞くとグリフィーも同じであったようだ。

その村での素敵な出会いに恵まれながら、私たちはこの地域が、人々がどんどん好きになっていた。そして最初は一カ月間だけいる予定が、気づいたら二カ月目に突入していた。ここの地域の人達は、野菜を自分たちで育てている人が多く、いつもお裾分けをしてくれる。その野菜はスーパーで買ったものとは比にならないほど美味しく、その違いに仰天した。全ての野菜がなぜが甘い。その他にも驚いたことは、そこの村では狩猟をやるグループがいて、私は生まれて初めて鹿を解体する現場を目撃した。驚きはしたものの、そこまでグロテスクな感じは無かったので、じっと食い入るようにみていたら、そこにいたおじさんが、良かったら持っていきなと、鹿の肉をくれた。私は鹿の肉を食べたことが無かった為、味の想像が全くつかなかった。そのおじさん曰く鹿肉は他の肉より強いので、よく噛んで、最初は少量ずつ食べた方がいいとのことであったので、おじさんの言った通りにした。鹿肉は焼いているとにおいが強く、いかにも鹿を焼いているぞという感じで、その匂いは何日間か家に残るほどであった。味は『肉』アピールがすごく、私は鹿肉を食べている。という感じで歯ごたえもあった。私達は一晩で鹿肉の虜になった。それからは毎週日曜日狩猟グループの人達に差し入れを持って行って、鹿肉を分けてもらうようになった。

私達は二つの狩猟グループにあったのだが、一つはとてもワイルドな感じで、年齢に限らず彼らはとても魅力的なオーラを発していた。五頭の鹿を一気に解体しているシーンは見ごたえ抜群だ。その中の一人が

「お姉さん、せっかくだから解体やってみる?」と言ったので、私は人生で初めて、白いセーターのまま鹿の解体に挑戦した。その鹿は温かく、まださっきまで生きていたことが改めて伝わってきた。その経験の中で今まで豚肉、牛肉を食べているときに、自分がどれ

だけ無頓着であったのかを思い知った。これからは命を頂いているということを感じ、今まで以上に感謝して肉を食べられる気がした。

そんなこんな変わった経験を積みながら、私たちはその村で一つの空き家を見つけて、そこを買うことに決めた。その空き家の持ち主は強そうな風貌だがとても太っ腹な性格の方で、あった日にすぐ打ち解けることができた。その家は木造二階建てて裏に庭がついていた。お風呂が壊れていたが、それ以外は特に目立った問題は無かった。引っ越しの際に必要な不動産登記の手続きが、司法書士にお願いすると約十万円かかるということであったので、私たちは自分でやってみることにした。その空き家の持ち主も以前自分で不動産登記の手続きをやったらしく、私にその原本などを貸してくれてアドバイスをくれた。私はその日から不動産登記の書類作成に取り掛かった。やってみるとは言ったものの、これは本当に日本語か?と疑問に思うような言葉がたくさん出現した。とりあえず役場や法務局に電話して、実際に行って添削してもらって、を繰り返し、どうにか三週間くらいでそれは終わった。その時期と同じ時期に私達はまたボブのビジネスセミナーをオンラインで三日連続夜中受けていた。

その最終日の朝、一本の電話がグリフィーの元に届いた。なにげなく彼の顔を見ていたら、ただならぬ気配を感じた。私は少し心配して彼に声をかけた。

「どうしたの?.誰から電話?.」

「・・・」彼はしばらく黙った後静かに口を開いた。

「静岡に住んでいるゲイシャティーを勧めてくれたアメリカ人のおじさんが昨日亡くなった。」

そのおじさんにもう会えないんだという実感がふつふつと湧いてきて、それは静かに悲しみへと変わっていった。おじさんは六〇歳くらいで、健康にいつも気を遣って運動もよくするような人だったので、人生何が起こるか本当に分からない。命の儚さを感じた。おじさんの親族で日本にいるのはグリフィーだけであったので、彼がお葬式やおじさんの遺品の整理などをする為に、急遽静岡に行くことになった。おじさんにはもう一人の双子のおじさんがアメリカに住んでいて、彼が日本に来ることになった。そのおじさんと連絡を取っているときにおじさんは
「僕の兄弟のやっていた抹茶のビジネスを君たちが一番よく知っていて、俺を含め俺の家族はその仕事を継ぐ意思が無いから、君たちにあげるよ。」と言っていた。

私達はビジネスを引き継いだからには、責任をもっておじさんの分まで頑張ろうと決めた。そして一週間ほどグリフィーは静岡でおじさんの手伝いに忙しく過ごしていた。その時、叔父さんは憔悴しきった様子で、双子の兄の死を受け入れられないくらい、落ち込ん

でいたそうだ。メンタル的に相当不安定であっただろう彼の言動は数時間で変わった。今までビジネスを私達にくれると言っていたと思ったらその日の夜にいきなり、やっぱり兄のことを思い出したくないからお客さん全員に、『このビジネスオーナーが亡くなったからもうこの会社は終わりです。』というようなメールを一斉送信で送ってしまったりしていた。その後また、やっぱりそのビジネスを私達に継いでもらいたいと言ったり、合計で三〜四回は意見が変わった。動揺しているのは分かるが、大切な決断をそうころころと変えられても、私達は対応に困っていた。もし継ぐのであればすぐにでもお客様に連絡を取りなおさなければならない。彼はグリフィーのおじさんであったので、私はできる限り黙っていようと思っていたのだが、これだけ振り回されたらたまったものではなかった。

そんな中、私たちは新しい我が家へと引っ越した。私達は初めて自分たちの家というものを持つということに感動していた。お風呂が壊れていたので、直るまでは近くの温泉に行った。また洗濯機も二回程使った後に壊れてしまったが、近所の英語の話せる友達が中古で見つけたものをプレゼントしてくれたので大丈夫であった。その人はとても親切で、車を持っていない私達の為に、自分のトラックを使って私たちの家の掃除を手伝ってくれた。そのお陰で私達の家は三週間ほどで家らしくなった。私達は友達を家に呼んで何度かパーティーをした。時には六人以上の友達が遊びに来て、みんなでご飯を食べたり、こたつでゆっくりしたり自由に過ごしていた。その頃からたまにガスが使えなくなり、裏のガスの元栓が占められていたことが数回あったのと、フェイスブックを通して変なメッセージが私宛に来ていたことがあったが、そこまで得には気にはしていなかった。

私たちは役場と相談して、家の近くでカフェを開くことにした。売っているものはアメリカンバーガー、コーヒーセット、抹茶セットの三種類。カフェの中には『フリースタッフエリア』と言って、いらなくなったものを自由に置いていって、好きなだけ持っていけるようなスペースを作ったら大盛況で、朝開店の一一時前から近所のおばあちゃんたちが、それだけを目当てにそのカフェに来るくらいであった。私達がカフェをやっていた一カ月間、そこは近所の人たちの溜まり場となっていた。新しい友人もたくさんできて、新しいエコビレッジを作る話も進み、私は近くの学童での仕事が決まり、グリフィーのビザもほぼ確約、いい調子で人生進んでいるなと思っていた矢先、ある大事件が起きた。

それは夜の一一時を過ぎた頃であった。私はいつも通り爆睡していた。ふと夢の中でライトに照らされているような気がした。その後、グリフィーが何か外で叫んでいる声が聞えた。うるさいな。夜中に近所迷惑だから静かにしてくれないかと、夢の中でむにゃむに

ゃしていた。その次の瞬間、グリフィーが
「侑梨加！すぐに来て！」と外から叫んだ声で目が覚めた。嫌な胸騒ぎがして、急いで上着を引っ掛け、携帯電話を持って外に出たら、グリフィーが誰かを後ろから抑えているような姿が見えた。その近くにはもう一人近所に住んでいる男性の姿があった。
「こいつが俺たちの家の裏に入って、ガス缶の周りをうろうろしていた！警察を呼んでくれ！」
私はぶるっと身震いをしたあと、すぐに警察に電話をした。その後、グリフィー、犯人、近所の男性と私は警察が来るまでじっと外にいた。その近所の男性は近所の家の人で、外で大声がするから喧嘩かと思い、止めに出てきたそうだ。犯人の男性はじっとして動かない。私は犯人ではない近所の男性に
「この犯人の人、誰だかご存知ですか。」と何気なく聞いたら
「この人俺の兄貴ですよ。ほんとになにやってるんだよもう。」と言ったので、正直ビビった。
「な、名前は？」と私が聞いたのには訳があった。もしかしたら以前私に変なメッセージを送ってきた人と同じかもしれないと思った。そして私の直感は見事に当たっていたのだった。人の家の裏庭まで入ってくるなんて本当に気持ち悪いと思った。その弟さんは彼ら

の母を呼びに行き総勢五人で警察を待った。山奥なので警察がくるのには少し時間がかかった様だった。その間、私は恐怖と気持ち悪さと寒さで震えていた。

警察がやっと現れてほっとしたのもつかの間、すぐに現場検証が始まった。私達は以前変なメッセージが送られてきていることを、地元の警察官に伝えていたので、話はスムーズであった。現場検証ではその時の状況を事細かく説明した。というか私自身はその事件当時は半分夢の中にいたのでグリフィーの話を事細かく翻訳した。彼が言うには、その夜、グリフィーはなかなか寝付けなかったらしい。ふと気づいたら外からライトで家の中を照らされていることに気付き、その光を追ったら、それは家の裏に入っていったので、彼はすぐに家の中のすべての電気をつけて
「WHO ARE YOU ? WHAT are YOU doing ?」

(あなたは誰だ?何をしているんだ?)

と大きな脅すような声で言ったら、犯人が慌てて裏から表に出てきたところを追いかけて後ろから捕まえたらしい。咄嗟にそこまで動けるのはすごいと思ったが、もし犯人が凶器などを持っていたらとおもうとぞっとする。とにかくグリフィーが無事で良かった。その後、事情聴取を行うから一緒に警察まで来てほしいと言われ、私たちはそこから一時間ほど離れた警察署まで行き、永遠とその話をした。正直疲れていたし眠いしでコンディシ

ヨンは最悪だったが、私たちに選択の余地は無かった。変なメッセージは一回だけでなく、私たちのゲイシャティーのページにまで書き込みがあった。最初は『超絶美人超きれい』というコメントが数回、その後『友達になりたい』『付き合ってほしい』『結婚してほしい』『なんで俺じゃダメなの?』などのメッセージが来た為、私はメッセージをブロックした。グリフィーには英語で『侑梨加は俺のものだ』というものが数回来ていた。その他にガスの元栓を閉めたのは、その犯人ということが判明した。また郵便物までも盗んでいたらしかった。理由は、私が犯人をブロックしたからである。友達になるならまだしも、今私はグリフィーと真剣に交際していて、別れるつもりが無いのに、結婚しようと言われても正直困る。それに彼は自分が誰だかをメッセージ上で私に明かさなかった。それを明かさずに友達になることにはどう考えても無理があった。とりあえずその事情聴取が終わったのは明け方四時半ごろであったので、私たちは家に帰りとりあえず寝た。この先のことについて考えるのは起きてからでも十分遅くないと思った。

犯人は結局二〇日間拘束され、その間示談の方向で話は進んでいた。刑事裁判になったところで私たちの心の傷が癒えるわけではないし、早くこの話を終わりにして先に進みたかった。私達はせっかく買ってきれいにした家を犯人に売り、もう彼らと関わりのない世界に引っ越すことにした。いくら犯人が謝ろうが、反省しようが、この先にまた同じようなことや、それ以上なことが起こってからでは遅いし、何より家が近すぎて恐い。この恐怖心を抱えてこの先生きていくのはまっぴらである。私達は光に敏感になり、夜に思い出して何度か目が覚めてしまうようになっていた。私は決まっていた学童の仕事を急に辞めなければならないことを伝え、カフェも閉めることを決めた。グリフィーのビザも引っ越すことになったので振り出しに戻り、全てが一気に崩れ去ったような感じであった。それでも私達がいればまた一からだっていくらだって始められると信じて進もうと決めた。理由のお陰でご近所さんや友人に表立って別れを告げられずに泣く泣くその大好きな土地を離れた。

十章 『新天地。そしてコロナ』時代

その時期にはコロナが蔓延してきていたので、私たちは元の場所から遠く離れた引っ越し先からあまり外に出られない期間が続いた。幸いなことに私たちの引っ越した先の地域では、コロナがまだ流行っていない場所であったので、私達は自分達の活動に集中していくことにした。それは二〇二〇年四月のことであった。

ゲイシャティーに関してはピンチを迎えていた。国際郵便で物が送れなくなり、私たちの家に抹茶と新しく始めた煎茶は部屋の隅に息を潜めて隠れているかの様だった。

私達は新しく友達になった仲間と、その新しい村の紹介ミュージックビデオを作ることになった。彼は曲を作詞作曲して私達のところに持ってきてくれた。グリフィーはバズキを演奏し、私は前の地域でもらった日本太鼓を叩き、もう一人のベースプレーヤーと四人でその曲作りを始めた。そしてその曲『石神歌』が完成してから、私たちはレコーディングスタジオで曲のレコーディングを行った。それが私にとって初めてのレコーディングであった為、かなりエキサイティングしていた。レコーディングは思っていたより早く、一回か二回くらいで終わった。曲とメトロノームの音だけに集中するのは、非日常という感じで、私にとっては瞑想に似た感覚を覚えた。そのレコーディングが終わった後、そのミュージックビデオの今度はビデオ撮影ということで、他のディレクターと一緒に仕事をすることになった。私は自分の全てを出し切って撮影は無事に終わった。そのビデオは今月中に終わって、五月のゴールデンウイークが過ぎたあたりに公開される予定であった。私達は、私たちのできる限りを一〇〇%出して曲をレコーディングしたので、映像にも期待がかかっていた。しかしディレクターとの意見の相違があり、結局もう一度映像は取り直しということになった。彼は予算が足りないから、その予算内でのことしかできないと私達に言った。それは分かっているが、それをアイデアや工夫、努力でどうにかおもしろいものを作りたいというのが私たちの意見であったので、この先は彼とは一緒に働くことは無いだろうと思った。そもそも、どんな仕事でもらったお金以上の仕事ができないで、それに不満を言うのであれば、それ以上のお金を稼ぐことができる可能性は限りなく低い。自分で可能性を狭めているディレクターは気の毒ではあったが、今後誰かとコラボレーションする場合は、最初にどこを目指していくのかを共有していくことが大切であること学んだ。他の人たちの協力もあり、それはどうにか六月中にYOUTUBEに公開された。

そのプロジェクト中に、私たちは『月光仮面は誰でしょう』というミュージックビデオを作ることにした。というのも、今のこのコロナの時期こそ、何かアイデアを作り出して世界にシェアをすべきだと考えたからである。この曲は、新横浜のラーメン博物館にグリフィーと行ったときにたまたま館内で流れていて一目惚れならぬ、一聴き惚れであった。その時のメンバーは、私と彼に加えて、カホンという打楽器をやる仲間と一緒におこなった。レコーディングは友達がレコーディングのできる機械を持っていたので、その彼に頼んでやってもらった。カホンの彼は私の弟と同い年くらいで気が合う感じがして、カホンの話などでその日は盛り上がった。そうしたら家に帰ったあとグリフィーが珍しく嫉妬していた。私は彼に私が好きなのはグリフィーだけだから安心するように言ったが、どれだけ伝わったかどうかは正直分からなかった。私はその時に私のライフコーチをやってくれていたオーストラリア人の彼女にそれを相談した。彼女は「グリフィーが嫉妬するのは彼の問題だから、侑梨加は自分が正しいと感じる通りにすればいいよ。」と言ってくれて、気持ちが楽になった。

私はアドラーの本を最近読んだのだが、彼の言う『課題の分離』が苦手であった。要するに誰かの問題を自分のことのように抱え込んで悩んでしまうという習性があった。私は私、彼は彼と線を引くことで、どこまでが私の責任で、それ以外かが見えてくる。私が何か起こったことに関してどう感じるのかは私の責任であり、私自身の捉え方で変えられることだが、他の人の行動まで制御することは違うのだ。とりあえずその嫉妬問題は解決したらしく、今度は映像のシューティングに臨むことになった。その時のディレクターは私より少し年下のクリエイティブな人であった。待ち合わせ場所に行くと、彼の中で既にイメージは出来上がっていて、あとはやるだけであった。私は彼のアイデアがおもしろくて好きだった。とりあえず私は準備した真っ白い衣装で踊りまくり、最後に坂を全力疾走でのぼるという過程を三回行い、ラクロスの部活以来の汗だくになったが、終わった後は達成感に満ち溢れていた。その夜はアドレナリンのお陰でちょっと眠るのに時間がかかった。

その他にも私達はその村の英語の紹介ビデオを作ったり、『道の駅』で私たちの描いた絵や、ピアス、小さい小物を売り始めたりと、活動範囲を広げていた。私の誕生日の頃は丁度自粛要請が解けて、県内であれば移動が可能ということになったので、私達はロックハート城に行ってみることにした。そこはスコットランドのお城が日本に移築されたものであったので、日本にいるのにヨーロッパ旅行が可能だという理由と、私はどうしてもプリンセスのようなドレスを着てグリフィーと写真が撮りたいと思っていたという理由でそこに行くことにした。ドレスを着ることで、しばらくは私の結婚願望も少しは収まるだろうという狙いも内に秘めていた。

そしてついにロックハート城へ。私はその日に二九歳になった。その日の朝は、グリフィーが寝ぼけている私の目が覚めるのが待てなかったらしく、私はハッピーバースデーの言葉を夢と現実の狭間で聞いた。その後彼は珍しい下着や、海賊に関する結構分厚い本を私にプレゼントしてくれた。特にパイレーツブックに興奮して私は徐々に目を覚ました。その本には海賊についての全てが書かれていた。その喜びを味わった後、私たちはロックハート城へ向けて出発した。最寄りの沼田駅からはバスで約二〇分くらいであった。くねくねと山奥に入っていき、こんなところに本当にあるのか?と疑問が浮かび始めたころ、その城は現れた。中に入った途端、自分たちが日本にいることは忘れた。私は艶やかな真っ赤のドレスを着て、グリフィーは黒い古風なおしゃれな上着に豪華に金色の糸で刺繍がしてあるものを羽織り、その城の中をプリンセスとプリンス気分で優雅に歩き回った。たくさんの人に注目されたり、写真を撮られたり、声をかけられたりして、その日だけの一日有名人になったような気分であった。そしてその時間をたっぷりと満喫したのち、夢から覚めて家に帰ったのだった。そして月日は流れ、二〇二〇年七月六日、グリフィーの三度目のビザの延長の申請の為に高崎にやってきた。コロナのお陰で私たちは日本を出られずにいた。予定では四月にはタイに行く予定であったがこればっかりは仕方がない。彼は観光ビザで最初はオーストラリアの後、二回目はベトナムに行った後に日本に来ていたのだが、今回の延長を全て足すとその二回の観光ビザの滞在期間を含めずにトータルで約七カ月間（二一〇日）延長しているというすごい事実が発覚した。ということは日本に観光ビザで通常は三カ月のところ、一年一カ月いる。幸いなことに、彼の日本語は日に日に上達している。

このビザが下りたので、彼は一〇月二四日まで日本にいられる。私たちはさらなる挑戦を日本でできることになった。今月末に海外に飛ぶ予定だったので少し変な感じがするが、それはそれでよしとしよう。今の所のアイデアでは①キャンピングカーを買ってとりあえず南下していく作戦。②また新たな家をどこかで買ってそこで何かはじめてみる作戦。③沖縄に住んでみよう作戦。④土地をどこかに買ってそこに自分たちで家を建ててみる作戦、と幅広い。人生安全に生きていたらつまらないので、リスクを取って刺激的に生きていこうと今話し合っている。私達はこれからどうなるのか、分からないから面白い。Ｈａｐｐｙ・Ｈｅａｌｔｈｙ・Ｗｅａｌｔｈｙ（ハッピー・ヘルシー・ウェルシー）に生きていこう。

あとがき

最後まで読んでいただき本当にありがとうございました。

今振り返ると、大多数の選ぶ道が正しいという概念に常に反抗して今まで生きてきたように感じます。その決断は反感を買うことが多く「八方美人」常に人の目を気にして生きてきた私にとっては辛い状況でした。それでもそれを貫けたのは、グリフィーを初め、理解してくれる、応援してくれる人達がいてくれたからです。

私は一度きりの人生、何でもやりたいことに挑戦して生きていける人が一人でも多く増えたらと思い、この本を書きました。表紙を担当してくれた黒縁クロアさん、高崎でたまたま絵を描いてもたってからその絵に惚れて表紙をお願いしました。短い締め切りの中で素晴らしい心のこもった絵を描いて下さりありがとうございました。そして私の今までの人生に関わってくれたみなさん、これから関わっていくみなさんにありがとうございますとこれからもよろしくお願いします。今はGEISHA TEAとして抹茶と煎茶を売ること以外に、YOUTUBE、音楽のレコーディング、モデル、CD発売、テレビ出演、雑貨や絵を売る、今までの経験の講演など幅広く活動しています。興味がある方は、この後にリンクを貼っておくので是非コラボレーションして面白いものを一緒に作り上げましましょう。

これを手に取って読んでくださった全ての方の人生が素晴らしく、希望にあふれる日々になることを願って、この本の終わりにしたいと思います。

令和二年七月七日

佐伯　侑梨加

おまけ

● ＧＥＩＳＨＡ　ＴＥＡ

インスタグラム
フェイスブック
ツイッター

● グリフィーＹＯＵＴＵＢＥチャンネル

本編に載せた「石神歌」「月光仮面」の曲など色々です。

● ＮＥＹ　ＹＯＲＫ　ＳＵＣＣＥＳＳ（本）

英語と日本語バージョン、アマゾンで発売しています。

● ミュージック、音楽

アイルランドの音楽をどうぞお楽しみください。

（※内容はその時期によって、ＱＲコードで飛ぶ先が変わります。）

著者プロフィール

佐伯　侑梨加（さえきゆりか）

GEISHA TEA代表取締役社長。

中学生の頃から体育の教員を志し、埼玉県立川口北高校を卒業後、日本体育大学に入学。

さいたま市の教員採用試験を新卒で受験するも見事に一次試験で玉砕。その反動から海外ボランティアで2年間、モルディブで教員として生きる道を選択。モルディブから日本に帰国後、「可能性は無限大」という考え方の元、色々なことに挑戦。

オーストラリアにて会社GEISHA TEAをパートナーと立ち上げ、日本の抹茶を海外に広めることを始める。

ナイジェリア人、インド人、モルディブ人
そしてアメリカ人の彼氏

2020年10月20日　第1刷発行

著　者　　佐伯　侑梨加（さえきゆりか）
発行者　　つむぎ書房
〒103-0023　東京都中央区日本橋本町2-3-15
共同ビル新本町5階
電話　03(6273)2638
https://tsumugi-shobo.com/
発売元　　星雲社（共同出版社・流通責任出版社）
〒102-0005　東京都文京区水道1-3-30
電話　03(3868)3275

ISBN978-4-434-28080-1　C0095
